SPIETATO

WOLF RANCH - 6

RENEE ROSE
VANESSA VALE

ISCRIVITI ALLA NEWSLETTER DI VANESSA VALE

Unisciti alla mailing list per essere informato per primo su nuove uscite, libri gratuiti, premi speciali e altri omaggi dell'autore.

http://vanessavaleauthor.com/v/db

ISCRIVITI ALLA NEWSLETTER DI RENEE ROSE

Iscrivetevi alla newsletter di Renee per ricevere scene bonus gratuite e notifiche riguardo a nuove pubblicazioni!

https://www.subscribepage.com/reneeroseit

DAVVERO NON SONO RIUSCITO A TOGLIERMI gli abiti abbastanza in fretta. La luna piena mi stava facendo impazzire, cazzo, a quel giro. Negli ultimi giorni avevo avuto la sensazione che la corsa mensile di branco non sarebbe mai arrivata.

Mentre facevamo a gara a toglierci i vestiti nell'ingresso del cottage del branco, mi sono strappato i jeans tirandomeli via dalle gambe.

«Vacci piano, campione,» mi disse Boyd con un sorriso pigro. Facile a dirsi per lui, cazzo—lui non provava più quel desiderio folle di accoppiarsi dal momento che aveva trovato la sua femmina l'estate precedente.

Non che quella voglia intensa di correre che provavo riguardasse l'istinto di accoppiamento. Non anelavo nemmeno la solita scopata liberatoria da luna piena con una delle femmine ancora libere. Ciò di cui avevo bisogno era di correre, di correre forte. Di spingermi al limite perché bramavo disperatamente qualcosa che non sapevo nemmeno cosa fosse.

Calciai via la seconda gamba dei pantaloni con un ringhio frustrato.

«La luna ti rende nervoso?» mi chiese lui. Quel campione del rodeo era decisamente troppo tranquillo per i miei gusti.

«Suppongo,» borbottai, passandomi una mano sulla nuca.

Karen, la lupa che aveva cercato di provarci con me per le ultime lune piene, tentò di attirare il mio sguardo, ma io lo evitai. Non ero minimamente interessato a fare sesso con lei quella sera. Né mai. Il mio lupo ringhiava al solo pensiero di toccarla e non perché avesse già cercato di farsi tutti gli altri maschi non accoppiati del branco. Era normale per i lupi solitari farsela con tutti durante la luna piena, di solito senza strane aspettative, ma Karen era appiccicosa. E in quel preciso istante, non vedevo l'ora di levarmela di dosso.

Quella era la parte che più mi confondeva, cazzo. Di solito l'aggressività con la luna piena—il bisogno di correre e cacciare—equivaleva al bisogno di scopare. E per quanto un po' di arrapamento ci fosse—diamine, la mia erezione sbandierava al vento mentre correvo fuori—nessuna delle solite opzioni suscitavano affatto il mio interesse.

No, quella sensazione primitiva che mi si fosse infilato qualcosa sottopelle mi fece correre in forma umana prima ancora di essere mutato, il terreno duro sotto i miei piedi nudi.

«Facciamo a gara a chi arriva prima dall'altra parte,» mi disse mio fratello Clint, provocandomi con una pacca sul sedere nudo mentre mi superava. Che stronzo.

La sua compagna, Becky, era umana, per cui non mutava; tuttavia, era sempre divertita dalle sue pagliacciate durante una corsa. E ben soddisfatta quando faceva ritorno. Ci avrei scommesso che avrebbero aspettato il loro secondo cucciolo da un momento all'altro, visto come ci davano dentro.

Con un ringhio, mi lanciai a quattro zampe, aghi di pino che scivolavano sotto i miei enormi polpastrelli mentre mutavo e partivo a razzo. L'aria serale era fresca, non c'era una nuvola in cielo. Perfetto. Rincorsi mio fratello maggiore, mordicchiandogli i fianchi come se fossimo stati ancora degli adolescenti, ma quando finalmente raggiungemmo l'altopiano, io mi fermai di colpo. Mi immobilizzai. Qualcosa mi attirò nella direzione opposta a lui e agli altri.

Desideravo fortemente scendere dalla montagna. Verso il ranch degli Sheffield accanto al nostro.

Dove vivevano degli umani.

Dov'era proibito correre.

Boyd mi superò, avanzando a grandi passi con andatura aggraziata. Gli piaceva farsi quelle corse da solo prima di tornare a soddisfare la sua compagna umana, Audrey. Mi stette dietro per un po', mordicchiandomi i talloni per spronarmi, ma io ringhiai, mostrandogli i denti, e lui proseguì senza di me.

Cosa c'era laggiù?

Non aveva importanza, non potevo indagare. Non sotto forma di lupo, e morivo dalla voglia di lasciarlo libero da tutta la settimana.

Ricominciai a seguire il branco, ma ad ogni passo che facevo, la mia agitazione cresceva. Avevo *bisogno* di andare nell'altra direzione.

Al diavolo.

Mi voltai e trottai nuovamente fino all'altopiano. Alzai il

muso per aria e annusai. C'era qualcosa nel vento. Nulla di distinguibile, nulla che potessi descrivere come un altro lupo, ma avrei giurato che ci fosse un odore che mi attirava.

Piegai la testa, ascoltando gli uggiolii e gli ululati dei lupi più giovani del branco che imparavano a cacciare. Rob, l'alfa, mi avrebbe fatto a pezzi per aver infranto una regola del branco. Non correvamo in territorio umano. Mai. Era più che pericoloso per il branco.

Nessuno poteva venire a sapere che ci fossero lupi in quella zona. C'erano già stati problemi in passato e nessuno di noi ne voleva altri.

Tuttavia, mi lanciai giù per la montagna in ogni caso, le mie zampe che scivolavano sulla ghiaia instabile del pendio ripido. Corsi veloce, instancabile, seguendo il mio istinto, notando a malapena in che direzione stessi andando.

Non fino a quando non corsi dritto oltre il confine della proprietà dei Wolf, dove viveva e gestiva un ranch la famiglia del mio alfa. Mi ritrovai su territorio umano, sui terreni del Vecchio Sheffield dove avevo lavorato da adolescente. Pur essendo passato più di un decennio dall'ultima volta che avevo lavorato lì, conoscevo quei terreni come le mie tasche e mi ci sentivo a casa tanto quanto al Wolf Ranch.

Ogni colpo di zampa mi spingeva in uno stato di agitazione sempre maggiore. Un odore si fece più chiaro. Inebriante. Folle. Che cazzo c'era là fuori che mi stava facendo impazzire?

Raggiunsi la sporgenza che dava sulla cascata e su una pozza di sorgente termale nel centro del ruscello e mi fermai in scivolata.

Porca puttana.

Lì, nella pozza sottostante, c'era una femmina.

La *mia* femmina. In un attimo, seppi che era mia. Il suo odore non era forte, ma era lì sulla brezza leggera.

La sua pelle nuda luccicava chiara alla luce della luna mentre attraversava l'acqua, nuotando in cerchio in quel posto segreto. Tutti i lupi della zona conoscevano quel luogo. Alcuni di noi erano abbastanza fortunati da usarlo in forma umana nelle giornate estive perché eravamo stati amici del Vecchio Sheffield.

Mi raggelai, fissando rapito la lunga dorsale esile della sua schiena nuda, i globi pallidi delle sue natiche che si flettevano ad ogni calcio. Aveva i capelli lunghi e scuri—sebbene fosse difficile dire di che colore fossero solamente con la luce della luna, ma me li ricordavo di un rosso acceso—e folti, che si allargavano in ogni direzione sulle sue spalle, galleggiando sulla superficie dell'acqua.

Si immerse e scomparve sotto la cascata ed io quasi mi lanciai oltre il bordo tuffandomi nella pozza solo per non perderla di vista.

Solamente dal suo odore, la riconobbi all'istante.

Natalie.

Quel nome si fece strada nel mio cervello annebbiato dagli ormoni.

La mia compagna era Natalie—la nuova proprietaria del ranch degli Sheffield. Un'umana. La pronipote del Vecchio Sheffield, che aveva posseduto quei terreni per sessant'anni e li aveva lasciati a lei quando era morto un paio di anni prima. Me la ricordavo da bambina quand'era venuta a stare lì per un paio di estati. Diamine, l'ultima volta che l'avevo vista aveva avuto... forse dieci anni. Ma non era più una ragazzina. Cazzo, no, ogni singolo centimetro di lei era tutta donna formosa.

Mi sedetti con le cosce nel fiume e uggiolai, il mio lupo che impazziva perché lei era scomparsa.

Un attimo dopo, lei riaffiorò.

La sentii inspirare bruscamente e mi chiesi se sarebbe stato quello il verso che avrebbe emesso quando il mio cazzo l'avesse riempita per la prima volta. Quasi ululai svelando la mia presenza. La mia preda era stata messa all'angolo. L'avevo stanata. Sarei stato spietato nel farla mia.

Nonostante avessi represso quel verso, lei alzò di scatto la testa ed io mi ritrovai a fissarla dritta negli occhi scuri. La cascata era alta nemmeno cinque metri, ma lei mi vide comunque.

Sul suo volto comparve un'espressione sorpresa. Le sue labbra formarono una "O" perfetta e lei si alzò di scatto in piedi, lasciando l'acqua scorrerle sui—*aw, cazzo*—seni *perfetti*. Erano pieni e sodi, con dei capezzoli duri. Avevo voglia di leccarne via ogni singola goccia d'acqua.

Mi rimisi subito a quattro zampe per fissarla. Non riuscivo a distogliere lo sguardo.

«Ehi, lupo,» disse piano lei.

La sua voce melodica mi distolse di colpo dalla mia trance. Non urlò. Non si mosse nemmeno. Non aveva paura. Mi stava parlando. Quasi come se avesse saputo che ero un mutante. Che l'avrei capita.

Cazzo. Avevo appena permesso che un'umana vedesse il mio lupo. Una che viveva proprio accanto al mio alfa. Nonostante fosse mia—lo sentivo, ne sentivo l'odore, lo percepivo—ero nella merda fino al collo. Per due cazzo di motivi. Uno, Rob mi avrebbe fatto a pezzi. Due, dovevo lasciarla lì. Non potevo mutare e scendere fin da lei. Gettarmela in spalla e portarla fuori dall'acqua come avrei voluto. Farla sdraiare sulla morbida erba estiva e scoparla forte e a lungo fino a farle urlare il mio nome. Fino a quando non avesse avuto il mio seme a fondo dentro di lei e il mio marchio sul collo. A quel punto avrebbe saputo che cosa fossi. *Chi* fossi. Il segreto sarebbe stato svelato.

Girandomi di scatto, partii di corsa, risalendo la montagna e allontanandomi dal suo odore che mi stava dando alla testa. Ormai non mi sarei mai placato, sapendo che cosa fosse quel bisogno dentro di me. Non fino a quando non l'avessi fatta mia.

Avrei capito come uscire da quel fottuto casino. Fino ad allora, fuggii. Lontano dalla mia compagna.

2

NATALIE

ERA VERO. Quel lupo era vero. Porca puttana, tutto ciò che mi ricordavo di quando ero stata bambina era veramente accaduto.

Non ne ero stata certa. Avevo avuto dieci anni, a far visita al mio prozio—l'unico adulto cui fosse mai realmente importato di me—e avevo visto un qualcosa come in un film. Qualcosa di impossibile.

Ero stata al piano di sopra in camera mia a guardare fuori dalla finestra quando avevo sentito un grido. L'aiutante del ranch, Rand, era rimasto bloccato sotto il trattore del mio prozio, le ruote che perdevano trazione nel fango un attimo prima di ribaltarsi e finirgli addosso. Io avevo urlato dalla finestra, aprendola e chiamando mio zio affinché lo aiutasse. Prima che lui si fosse avvicinato, io avevo visto un lupo divincolarsi da sotto il trattore ribaltato invece di un umano. Un lupo. Avevo scorto i suoi occhi azzurri, il folto

pelo grigio. Non me lo sarei dimenticato per il resto della mia vita.

Si era spaventato all'arrivo dello Zio Adam ed era fuggito su tre zampe, saltellando su quella ferita per una trentina di metri prima di correre normalmente. Come se non fosse successo nulla. Come se non fosse mai stato schiacciato.

Io ero corsa al piano di sotto e fuori di casa per raggiungere lo Zio Adam accanto al trattore ribaltato.

«C'era Rand lì sotto,» avevo giurato, indicando il punto in cui si era trovato, con il dito che tremava. «L'ho visto venire schiacciato.»

Ma in quel momento non c'era nessuno.

«Zio Adam,» dissi con voce tremante. «Ho visto...» Avevo tratto un respiro, deglutendo con forza. «Ho visto... un lupo uscire dall'altra parte.»

Rand si era trasformato in lupo. Per magia. O... qualcosa.

Lo Zio Adam si era immobilizzato. Poi mi aveva posato una mano sulla spalla, guardandomi negli occhi. «Accadono cose strane in questa vallata, Natalie,» mi disse, invece di dirmi che stavo mentendo o che mi stavo inventando delle storie. «Vieni dentro. Ti racconto una storia.»

Mi aveva fatta sedere con un bicchiere di limonata e mi aveva raccontato la storia più folle che avessi mai sentito.

Una storia che non mi ero mai dimenticata, ma al quale era difficile credere.

Dopo tutti quegli anni, ancora non ero certa se se la fosse inventata. Se la mia mente mi avesse giocato un brutto scherzo. Avesse travisato ciò che mi aveva detto lo Zio Adam. Ciò che avevo visto. Come se lui avesse ricamato ciò che gli avevo detto io, per renderlo una specie di fiaba. Qualcosa di divertente per una bambina che i genitori avevano scaricato su un ranch del Montana per diverse estati perché non potevano permettersi un asilo. Come un adulto che racconta ad una bambina della Fatina dei Denti o di Babbo Natale, così da meravigliarla.

Ora, quasi quindici anni più tardi, sapevo la verità. In realtà, l'avevo sempre saputa, ma quella ne era stata la prova. Lo Zio Adam non aveva mentito né ricamato una storia né raccontato favole.

I lupi mannari *esistevano* veramente.

Un lupo grigio nello specifico. Quello che avevo già visto in passato. Quello che era sbucato da sotto un trattore ribaltato. Sapevo chi era stato in cima alla cascata.

Mi aveva vista nuda.

Seppur con la sola luce della luna a illuminare la serata, lo sapevo. Il pelo argentato. Sebbene non fossi riuscita a vederli, mi immaginavo degli occhi azzurri.

Rand.

Uscii dalla pozza, cercando di placare i miei arti che tremavano.

Non ero spaventata. Non è che avessi pensato che quel lupo mi avrebbe fatto del male. Né l'uomo in cui il lupo sarebbe mutato. Non sapevo perché tremassi. Perché fremessi di rinnovato interesse nell'aiutante del ranch di tutti quegli anni prima. Forse era solo l'essermi resa conto che il sovrannaturale era reale. Le cose paranormali accadevano—e a gente che conoscevo da così tanto tempo.

Proprio lì a Cooper Valley. Proprio sulla mia proprietà. Lo Zio Adam mi aveva detto la verità. Si era fidato di me al riguardo.

Afferrai il mio accappatoio corto di spugna che faceva anche da asciugamano e me lo avvolsi attorno alle spalle gocciolanti.

I miei capezzoli sembravano bruciare contro il tessuto morbido e mi pulsava la figa. Ero eccitata. Stranamente vogliosa. Forse era l'emozione selvaggia di aver visto un mutante lupo da vicino.

O forse era perché si era trattato di Rand? Aveva avuto sedici anni quell'estate. Grosso per la sua età. Bellissimo, perfino per una bambina di dieci anni che non aveva saputo cosa volesse dire bellissimo.

Sotto forma di lupo era stupendo. Enorme. Spalle ampie e un pelo folto e lucido. Intenso. Quella sera, era concentrato su di me. Solamente su di me.

Mi infilai i sandali e seguii il sentiero che mi riportava a casa, con un piccolo sorriso sulle labbra.

I lupi mannari erano reali. Rand c'era ancora. Diamine, si trovava sui *miei* terreni in quel momento.

In qualche modo, ciò mi fece sembrare meno folle la mia decisione di trasferirmi a Cooper Valley. C'era un motivo per cui mi ero sentita attratta a tornare lì. Un motivo che andava oltre il fatto che mi fossi diplomata con un master assolutamente inutile in musica, che non avessi un centesimo e nessun altro luogo dove andare. Mi ero chiesta perché lo Zio Adam avesse lasciato il ranch a me considerato che non l'avevo visto per quindici anni. Forse ora capivo il motivo. Forse ora ero l'unica a custodire il segreto, l'unica umana che potesse essere una buona vicina e proteggerlo.

3

N ATALIE

«DELL'ACQUA CALDA SAREBBE OTTIMA, ma prima sistemiamo l'infiltrazione sul tetto.» Ero seduta al tavolo della cucina a fare una lista di tutte le cose che andavano fatte alla casa. E parlavo da sola. La porta sul retro era aperta sulla giornata calda. Mi ero dimenticata quanto fossero belle le estati nel Montana. Quanto fossero tranquille. Mi stavo abituando alla mancanza di rumori da città. Nessun'auto che passava lì vicino. Nessun altro inquilino del mio schifosissimo condominio a urlarsi contro o il rumore della TV di qualcun altro. Niente ambulanze o cani che abbaiavano.

Nulla se non il vento e un uccellino ogni tanto, cosa che mi faceva parlare ad alta voce tra me. Cancellando la voce RIDIPINGERE LA CASA, la spostai più in basso nella lista di cose da fare. Quello poteva attendere, sebbene mi dispiacesse per chiunque passasse di lì e dovesse vedere l'edificio. Il rivestimento esterno in legno era sbiadito e si stava scrostando e, ogni volta che risalivo il vialetto sterrato, mi sentivo ancora più abbattuta.

Ero grata allo Zio Adam per avermi lasciato quel posto. Diamine, sarei stata una senzatetto altrimenti, perché l'affitto a L.A. era troppo caro per una persona senza un buon lavoro. Quella casa, però, era un progetto con la P maiuscola. C'era così tanto lavoro da fare. Più di quanto potessero permettersi i settantatré dollari sul mio conto in banca. Speravo che le mance che avevo ottenuto lavorando al saloon di Cody la sera prima sarebbero bastate a pagare gli elettricisti in arrivo.

«Potrei offrirla come casa infestata in autunno. Non dovrei farci nulla,» borbottai. Quell'idea in realtà non era male. Diamine, mi stava bene qualunque cosa che potesse fruttarmi dei soldi, ma se non si risolveva il problema elettrico, sarebbe stato come possedere un mucchio di cenere e detriti.

Sollevai le braccia in aria, mi appoggiai allo schienale e mi stiracchiai. Lasciandole ricadere, mi passai una mano sui capelli, tirandomi via l'elastico dal polso e facendomi una coda. Andando alla caffettiera, presi la brocca dal manico e la misi sotto il rubinetto per riempirla, poi versai l'acqua nella parte posteriore di quella vecchissima macchinetta. Dopo aver aggiunto un po' di chicchi al filtro, premetti il pulsante per avviarla.

«Cazzo!» esclamai, indietreggiando con un balzo per poi infilarmi un dito in bocca come se ciò avesse potuto aiutarmi.

La macchinetta non solo mi aveva dato la scossa, ma aveva emesso uno strano sfrigolio. Allungando una mano oltre il bancone, afferrai il cavo e tirai via la spina dalla presa, per paura che stesse per prendere fuoco... il principio di un incendio che avrebbe bruciato la casa. Nelle ultime sere, al piano di sopra le luci avevano lampeggiato e adesso mi ero presa la scossa da una macchinetta del caffè.

Appoggiandomi alla formica antica, notai che il frigo aveva smesso di ronzare.

«Fantastico,» borbottai, andando all'interruttore delle luci e accendendolo e spegnendolo per confermare che fosse saltata la corrente, se non altro in quella zona della casa.

La macchina del caffè aveva bruciato un fusibile e mi aveva dato un elettroshock. Probabilmente era bruciata e ciò significava niente caffè.

Sentendo delle ruote scricchiolare sul vialetto, attraversai la casa fino alla porta d'ingresso. L'impresario non avrebbe potuto programmare il suo arrivo meglio di così. Se avesse avuto anche un americano grande con latte scremato e una goccia di caffè espresso, ci avrei fatto dei figli.

Assottigliai lo sguardo di fronte alla forte luce del sole mentre lui scendeva dal pickup. Sulla portiera del furgone c'erano un bel logo di una casa e la scritta R&N Construction al di sotto in grassetto. «Tu devi essere Natalie. Ho sentito parlare molto di te per un sacco di tempo.»

«Non sono sicura se sia un bene o meno,» risposi io, mettendomi le mani sui fianchi.

Mentre risaliva i gradini della veranda, lui disse, «Ci stavamo tutti chiedendo quando ti saresti fatta vedere. Mi chiamo Nash. Abbiamo parlato al telefono.»

«Giusto,» risposi io, stringendogli la mano. «Mi fa piacere che tu sia riuscito a passare.»

«Ho sentito dire che sei la nuova barista al Cody. Il proprietario è mio amico, per cui apprezzo le sue raccomandazioni.»

Avevo risposto ad un annuncio al bar in paese e, per

fortuna, l'essere stata una studentessa universitaria squattrinata che aveva lavorato full-time in un bar negli ultimi anni aveva dato i suoi frutti, perché Cody mi aveva assunta subito. Adesso potevo pagarmi la bolletta della luce. *Se* fossi riuscita a tenere in piedi l'elettricità.

«È un bravo ragazzo,» dissi. «Mi fa piacere che mi abbia assunta *e* che mi abbia dato il tuo numero per una mano. Come puoi vedere, ho un paio di cose da sistemare.» Sollevai lo sguardo, indicando l'intera casa.

Lui mi offrì una risata spontanea. «Un paio di cose.»

«Non saresti potuto arrivare ad un momento migliore perché ho appena bruciato un fusibile.»

«Per noi sarà facile sistemare le cose dal momento che viviamo da questo lato della montagna. Siamo vicini.»

Inarcai un sopracciglio. «Oh?»

Lui indicò con un cenno del capo lontano da casa mia. «Vivo sulle colline sopra il Wolf Ranch.»

Oh. Lo scrutai di nuovo, questa volta chiedendomi se fosse uno di loro, un mutante. Non sembrava affatto diverso da qualunque altro uomo robusto. Aveva forse un paio d'anni più di me, coi capelli biondo cenere che si arricciavano sotto un cappellino da baseball con lo stesso logo di costruzioni sopra. Stimai che fosse alto un metro e ottanta per novanta chili di peso.

Bello, non che mi interessasse un mutante. Non mi interessava, sebbene la mia mente corse al lupo argentato che avevo visto alla pozza la sera prima. Quello che avevo visto anni prima. Quello che aveva lavorato al ranch di mio zio.

Rand. Quello che sapevo non fosse quel tipo.

Mi schiarii la gola. «Ci sono un sacco di problemi con questa vecchia casa,» dissi, distogliendo i miei pensieri da

Rand Tucker. «La lista è lunga. Troppo lunga per poter fare tutto in una volta visto il mio budget.»

«Nessun problema. Immagino che i problemi elettrici siano la priorità?» Mi seguì lungo il corridoio.

«Già. Le luci tremolavano e, come ho detto, ho appena bruciato un fusibile accendendo la macchinetta del caffè.»

Lui infilò la testa in cucina. «Wow, i miei nonni avevano un frigo come quello.»

Io incrociai le braccia al petto, appoggiandomi allo stipite della porta. «Be', al momento non funziona.»

Si accigliò, poi annuì. «Dov'è la scatola dei fusibili?»

Io indicai il fondo del corridoio con un cenno del mento. «Nel seminterrato.»

Lui indietreggiò e mi fece fare strada.

Aprii la porta e accesi l'interruttore. Quella luce funzionava. Scendendo le scale traballanti fino al seminterrato inquietante, Nash mi seguì. C'erano delle piccole finestre che lasciavano entrare della luce naturale, ma non troppa, il che probabilmente era un bene perché non volevo vedere quanti ragni ci fossero negli angoli bui. Se ne avessi visto uno, probabilmente non sarei mai più scesa lì sotto.

Sulla parete in fondo, c'era una finestra più grande che mi ricordavo che lo Zio Adam mi aveva detto che un tempo veniva aperta per la consegna del carbone. Aveva dovuto infilarlo a palate nella caldaia per riscaldare la casa in inverno. Al di sotto, nel pavimento in terra battuta c'erano incastrati alcuni pezzi di carbone. Quello era successo decine di anni prima, l'ultima volta in cui era stato usato, per poi venire sostituito da una caldaia ad olio.

L'aria era più fresca e aleggiava un odore di umido. Non c'era molto là sotto a parte una vecchia lavasciuga e un paio di fili per il bucato appesi alle travi del primo piano.

«Eccola qui.» Avanzai fino alla vecchia scatola a muro.

«Wow, fusibili vintage. Non ne ho visti molti di recente di quelli che si fissano con le viti.»

Io mi voltai e indicai la calligrafia di mio zio accanto ad ognuno di loro che descriveva i punti della casa cui erano collegati.

Dei passi pesanti scesero le scale un attimo prima che una voce profonda dicesse, «Attenta, cara. Se li tocchi potrebbero arricciartisi i capelli.»

Io e Nash ci voltammo, la spalla di Nash che sfiorava la mia.

Io mi toccai i capelli, rossi come il fuoco e già fin troppo ricci. Sembrava sempre che mi fossi presa la scossa. Non avevo bisogno che mi capitasse davvero per ottenere quell'effetto.

«Ti avevo detto di aspettarmi,» ringhiò contro Nash, che si allontanò immediatamente da me.

«Rand ha ragione,» replicò Nash. «Prima bisogna spegnere quello principale.»

Lo sentii, ma non gli stavo prestando attenzione. Avevo la sensazione di aver ricevuto una scossa elettrica solamente guardando l'uomo che era sceso dalle scale.

Rand. Il lupo della sera prima. Sapevo che era lui. Me lo *sentivo* nelle ossa. Il mio cuore ebbe un tuffo e mi si bagnò la figa.

Non lo vedevo da quando avevo dieci anni, ma sapevo chi era. Lui ne aveva avuti sedici allora, per cui sembrava chiaramente più grande adesso. Il tempo era stato clemente con lui. *Molto* clemente. Stava... wow. Meglio. Era più grosso.

Porca puttana. Avevo avuto ragione all'epoca e avevo avuto ragione la sera prima alla pozza. Rand era un mutante.

Lui mi fissava con quegli occhi azzurri che sapevo

avevano incrociato i miei dalla cima della cascata. Alla luce fioca del seminterrato, sembravano brillare, proprio come allora. I suoi capelli non erano argentati, affatto. Al di sotto del suo cappello da cowboy, erano quasi neri. Lui strinse la mascella e allargò le narici.

«Rossa, è passato un sacco di tempo.» Venne da me, mi porse una mano e allontanò ulteriormente Nash con una spinta.

Rossa. Mi ero dimenticata di quel soprannome che mi aveva dato tanti anni prima quando ero solita tenermi i capelli in una lunga treccia che mi scendeva sulla schiena. Lui si sporse ed io dovetti piegare il mento all'indietro per sollevare lo sguardo su di lui. Le sue narici si allargarono mentre traeva un respiro profondo. Quasi come a inalare il mio odore.

Dio, forse lo stava facendo. Scommetto che aveva un senso dell'olfatto molto più sviluppato di quello di un normale umano. Sensi da lupo.

«Ne è passato eccome,» risposi sebbene avessi la bocca secca.

«Sei cresciuta.» Il suo sguardo mi scorse addosso, dalle mie scadenti infradito da stazione di servizio fino ai miei capelli selvaggi... e ovunque nel mezzo. Allungò una mano e mi ravviò un ricciolo dietro l'orecchio.

Io deglutii e mi formicolò la pelle a quel contatto.

Porca puttana.

«Anche... anche tu.» Non mi ricordavo che fosse mai stato un adolescente allampanato. Il contrario. Era stato alto, ben muscoloso e, per una bambina di dieci anni, carino. Le prime vaghe palpitazioni da cotta adolescenziale erano state risvegliate da lui. Adesso era ancora più alto e ancora più robusto. I suoi muscoli avevano dei muscoli. Il mio interesse femminile non era più una leggera palpitazione.

Diavolo, no. Fu attrazione istantanea. Calore. Un desidero che non avevo mai provato prima.

Nash se ne stava di lato a osservarci come se fossimo stati una partita di tennis. «Voi due vi conoscete?»

Rand lasciò cadere la mano, ma quasi con riluttanza. «Lavoravo per il Vecchio Sheffield un tempo. Quand'ero al liceo. Natalie passava qui le estati da piccola.»

Nash sfece schioccare le dita. «Giusto.»

Sapevo di essere arrossita, ma sperai che non si vedesse troppo. «Non sono più tornata da quando avevo dieci anni,» ammisi. «È passato un sacco di tempo.»

«Mi spiace per tuo zio,» disse Rand. «Era davvero un brav'uomo.» Sorrise, formando delle piccole rughe agli angoli degli occhi. Per quanto sembrasse intenso con me, quasi travolgente, sembrava farlo spesso. Sorridere, cioè.

«Lo conoscevi meglio tu di me. Lavorando qui, dovevi conoscerlo molto bene,» ammisi. «Sono rimasta scioccata quando ha lasciato a me casa e proprietà.»

«Eri la sua unica parente, per quanto ne so io.» Rand sollevò lo sguardo come se fosse stato in grado di vedere attraverso il sottopavimento. «C'è bisogno di qualche lavoretto. Che intenzioni hai?»

Io feci spallucce. «Una mia amica mi ha suggerito un bed and breakfast, così da farci qualche soldo.»

Ero io, o si tese un po' quando lo dissi?

Avevo pensato che mi stesse fissando prima, ma adesso mi sentivo in trappola. Bloccata dai suoi occhi azzurri. Come se fosse stato in grado di vedermi dentro.

«Vuoi che venga gente a restare qui?» mi chiese, come se avessi detto che i turisti sarebbero dovuti venire a spalare letame nel fienile.

Mi accigliai, insicura di quale fosse il problema. «Io non ne so nulla della gestione di un ranch e non voglio fare la barista per sempre. Un guadagno sarebbe un'ottima cosa. Mi piace mangiare. Non ci sono molti lavori disponibili qua intorno. Se non altro non per quello che faccio io.»

«Che sarebbe?» mi chiese Rand.

«Violinista da concerto.» *Quello* era un argomento delicato e Rand mi rivolse la solita occhiata strabuzzata di sorpresa. Non riuscii a vedere Nash se non con la coda dell'occhio, con Rand così vicino a me.

Trassi un respiro profondo e il mio petto si scontrò col suo. «Be', starcene in un seminterrato è divertentissimo, ma sono sicura che voi due abbiate altri piani a parte me.»

Rand si limitò a fissarmi, trasse un altro respiro profondo e poi indietreggiò.

Io sospirai.

Nash andò alla scatola dei fusibili e si lanciò un'occhiata alle spalle. «Hai una torcia?» chiese a Rand.

Lui se ne tirò fuori una dalla tasca posteriore e gliela porse assieme ad un fusibile nuovo. Mantenendo lo sguardo su di me.

«Come facevi a sapere di dovertelo portare dietro?» chiesi io. Era ben preparato.

I suoi occhi brillarono felici nonostante non stesse davvero sorridendo. «Lavoravo qui, ricordi? Non è cambiato nulla nell'impianto elettrico. Dovevo sempre scendere qui a sostituire i fusibili per tuo zio. Mi sono preso una bella scossa una volta. Forza, noi andiamo al piano di sopra e tu potrai comunicare a Nash se sarà tornata la corrente. Ho sempre pensato che questo seminterrato fosse inquietante.»

«Probabilmente è anche pieno di ragni,» borbottai io, guardandomi attorno. *Odiavo* i ragni, cavolo.

Guardai Nash che mi fece l'occhiolino, poi mi voltai per andarmene. Risalendo le vecchie scale, divenni intensamente consapevole del fatto che Rand mi stesse seguendo. Dei suoi occhi sul mio culo. Quell'uomo mi aveva vista nuda la sera prima! Sapevo che era lui, ma lui di sicuro non poteva sapere che io sapessi.

Non potevo nemmeno dirglielo. Chiaramente, lui non aveva intenzione di dirmi la verità. Era come il detto per cui un segreto era come un grosso elefante nella stanza. In quel caso, era un agile lupo grigio.

«*Argh!*» Il mio piede sprofondò in un gradino marcio. Strillai, agitando le braccia per fermarmi mentre il mio corpo precipitava. Prima ancora di trovare la ringhiera, Rand mi afferrò—con una mano sotto un braccio e l'altra attorno alla mia vita. Invece di ridarmi l'equilibrio, mi tirò all'indietro ed io finii dritta tra le sue braccia, in stile luna di miele. Sussultai di nuovo, questa volta nel sentirlo duro a sostenermi.

«Piano, Rossa,» borbottò. «Ci sono io.»

«Che è successo?» chiese Nash da sotto.

«Stiamo bene, fa' solo attenzione al gradino rotto quando torni su,» rispose Rand, attirandomi a sé.

«Oh!» Fu quello il verso stupido che mi uscì dalle labbra mentre mi portava su per il resto delle scale.

Lentamente.

Come se non avesse avuto fretta ad arrivare in cima.

Come se non fossi stata troppo pesante e per lui fosse stata una fatica. No, mi sentivo leggera come una piuma tra le sue braccia, come se fosse stato in grado di trasportare tre volte il mio peso senza comunque il minimo sforzo.

Forza da lupo.

Il mio sguardo sconvolto trovò il suo, che aveva assunto un bagliore inquietante, bestiale. «Attenta, cara,» mormorò lui, il suo fiato caldo che mi colpiva la guancia.

Per qualche motivo, le sue parole—o forse fu il tono profondo e vellutato della sua voce—sembrarono raggiungermi dritta dentro, parlando alle mie parti femminili che pulsavano come se lui si fosse messo a cantarmi una serenata. Sembrava ancora più bello da vicino, i lineamenti marcati della sua mascella resi ancora più virili da un paio di labbra sensuali. Sapeva di segatura, cuoio e sapone.

«Wow. Um, g-grazie,» riuscii a dire quando raggiungemmo il corridoio.

«Potrei doverti tenere in braccio nel caso in cui dovesse rompersi qualcos'altro.»

Io risi. «In questa casa? Allora non mi metteresti giù mai più.»

«A me sta bene.»

Oh.

Mio.

Dio.

Guardai le scale, al fondo delle quali Nash era in piedi con le mani sui fianchi, a guardarci. «Uh,» disse, come se avesse appena capito qualcosa.

«Che c'è?» Mi agitai un po' tra le braccia di Rand, il che gli fece emettere un verso profondo dal petto. Lo percepii contro il braccio, oltre che sentirlo.

Ancora non mi aveva messa giù.

«Um, hai intenzione di lasciarmi andare?»

«No.»

No e basta?

Nash scosse la testa e scomparve e, poco dopo, la luce per le scale del seminterrato si spense ad indicare che era tornato alla scatola dei fusibili e aveva staccato la corrente principale.

«Um. Non possiamo restare così.» A prescindere da quanto mi piacesse stare in braccio a lui, era un tantino strano.

Rand sospirò, poi fece un po' di scena fingendo di controllare il pavimento prima di rimettermi delicatamente a terra. Nonostante fossi in piedi e al sicuro, lui mi posò una mano sul fondo della schiena, come se avessi potuto sprofondare tra le assi del pavimento da un momento all'altro.

Cosa che, dato lo stato della casa, era sempre una possibilità.

«Allora, questa idea del B&B?»

Il mio cuore galoppava ancora come un cavallo selvaggio per via del suo naturale ed eroico salvataggio e speravo che lui non avesse notato come il suo tocco, la sua vicinanza mi facesse reagire. Ero rossa e non per via della calda mattinata estiva. Ero nervosa e non avevo bevuto quella dose di caffeina che mi era stata negata.

Scrollai di nuovo le spalle, cercando di fingermi tranquilla. «Come ho detto, non ci sono molti lavori in zona per ciò che sono brava a fare io. Non sono sicura di essere abbastanza socievole da avere a che fare con dei visitatori della città, ma farò quel che serve per campare.»

«Mi ricordo di te e tuo zio seduti assieme a suonare il fiddle,» disse lui, sorprendendomi.

Io sorrisi a quel ricordo. «Wow, um. Sì. Nemmeno quello l'ho più fatto da che sono stata qui.»

Lui si acciglió. «Pensavo avessi detto che eri una violinista da concerto.»

«Sì, lo sono. Ho suonato il violino, ma non il fiddle.»

Lui mi scrutò attentamente, ma non disse nulla.

Mio zio mi aveva comprato un violino all'età di sei anni e mi aveva insegnato a suonare. I miei genitori non potevano permettersi delle lezioni di musica e avevano pensato che fosse un vero spreco di tempo. Specialmente più tardi quando avevo deciso di andare al college a studiare musica.

Pensavano che sarei dovuta stare a casa ad aiutare a sostenerli, lavorando al supermercato dove lavorava mia mamma, e quando avevo scelto di andarmene, praticamente avevano smesso di parlarmi.

Solamente lo Zio Adam mi aveva incoraggiata, anche se a distanza. Non l'avevo visto per anni perché, dopo l'estate dei miei dieci anni, ero dovuta restare a casa a guardare i miei fratelli più piccoli durante l'estate e dopo la scuola. Poi, quando avevo avuto quindici anni, mi ero trovata un lavoro.

«Perché sei qui, allora?» mi chiese lui.

Io inarcai un sopracciglio. «Mi sono appena trasferita. Ti stai già sbarazzando di me?» Non avevo intenzione di dirgli che non avevo altro posto dove andare.

«Non esiste.» Sorrise e sì, le mie mutandine furono rovinate. Allungò una mano e mi ravviò una ciocca di capelli dietro l'orecchio. Di nuovo. Come se quel gesto fosse stata una cosa che *doveva* fare. «La casa non ha ipoteche né altro, giusto?»

Io annuii, il fiato che mi si mozzava in gola. Non c'era un mutuo sulla proprietà. La casa e il terreno erano tutti miei. «Lo so, tutto ciò che ho da pagare sono le tasse annuali, il riscaldamento, la luce, ma come chiunque non sia cieco può vedere, ci sono più lavori da fare da queste parti che non solamente risistemare l'impianto elettrico.» Avrei potuto richiedere un mutuo per pagare la ristrutturazione necessaria, ma volevo evitare alcun genere di debito, se possibile.

I suoi occhi mi scorsero in viso come a cercare di memorizzarlo. «Willow ha rattoppato il tetto l'estate scorsa.»

Conoscevo quella donna perché si era finta me l'anno prima come parte di un caso della DEA per indagare su un giro di droga sul ranch accanto. *Quello* era stato interessante.

«Ehi! La luce è tornata?» urlò Nash dal seminterrato.

Io sbattei le palpebre, essendomi dimenticata perfino che ci fosse e tornai in cucina, premendo l'interruttore sulla parete. Sentii il ronzio del frigo e la luce sul soffitto si accese.

«Sì!» esclamai. Mi voltai di nuovo e, sebbene non andai a sbattere contro Rand, me lo trovai proprio lì, come se non fosse riuscito a tenersi alla larga.

«Um... sebbene il fusibile sia stato cambiato, ciò non risolve davvero il problema per cui vi ho chiamati.»

Lui annuì, i capelli scuri che gli ricadevano sulla fronte. «Ho visto abbastanza. Hai bisogno di una nuova scatola di fusibili, una aggiornata. Posso recuperare ciò che serve e tornare a sostituirla questo pomeriggio.»

«Okay. Probabilmente posso permettermelo fintanto che posso pagarvi in piccole rate.» Quando lui si acciglió, io proseguii. «Le mance del Cody.»

Lui si passò una mano in viso come se non fosse stato molto felice di quello o di qualcos'altro. «A giudicare da ciò che c'era nel tuo seminterrato, si tratta ovunque di cablaggio con manopole e tubi,» aggiunse. Mi stavo aspettando che commentasse il mio lavoro, ma lui si attenne a quello. «Tutta la casa ha bisogno di essere rifatta.»

Per quanto l'avessi saputo, il sentirglielo dire mi fece contorcere lo stomaco dall'ansia. Cosa ne sapevo io del possedere una casa, figuriamoci del possedere un *ranch*? E pensavo di poter trasformare quel posto in un'impresa fruttuosa? Quando mi stava letteralmente crollando addosso?

Ero decisamente fottuta.

«Non posso permettermi di fare tutto subito. Tu ti occupi di altro oltre all'aspetto elettrico, giusto?»

Lui mi scrutò nuovamente, incurvando le labbra. «Di molto di più, Rossa.»

Per qualche motivo, sembrava che stesse parlando di

molto più che non solo edilizia. Mi sentii scaldare in mezzo alle gambe sotto il suo sguardo intenso e i capezzoli mi si indurirono sotto il reggiseno.

Nash risalì le scale ed entrò in cucina schiarendosi la gola.

Io scattai via da Rand, improvvisamente consapevole di quanto fossimo vicini. Come ci fossimo fissati. Il fatto che il mio sguardo fosse stato inchiodato alle sue labbra.

«Forse dovresti mettere la macchinetta del caffè in salotto per il momento, toglierla dallo stesso circuito del frigo e degli altri apparecchi da cucina.»

«Okay, giusto.» Annuii. Nash rispose al mio cenno e lanciò un'occhiata a Rand, che stava ancora guardando me.

«Pronto?» gli chiese. Il suo sguardo incuriosito era ancora su Rand. «Probabilmente dovremmo fermarci da Rob a dargli la notizia. Sai, dell'arrivo di Natalie.»

«Già.» Rand non sembrava volersi muovere, né distogliere lo sguardo.

«Uh, adesso?»

«Giusto.» Rand mi rivolse un cenno col cappello da cowboy. «Tornerò, cara. Questo pomeriggio.»

«Certo. Ci vediamo dopo.» Sollevai una mano per salutarli.

«Solo io,» ringhiò Rand. «Nash deve andare altrove.»

Nash inarcò le sopracciglia come se fosse stata una novità, per lui, ma mi salutò con la mano e se ne andò.

«Tornerò, Rossa,» mi disse di nuovo Rand quando la zanzariera si chiuse di scatto dietro a Nash.

Io mi appoggiai allo stipite della porta con un fianco, con un sorriso che cominciava a tendermi le labbra. «Così hai detto.»

«Già. Non riuscirai a tenermi alla larga.» Mi fece

l'occhiolino e se ne andò, camminando all'indietro come se non avesse voluto smettere di guardarmi.

Io lo osservai, accaldata ovunque.

Porca puttana. Io... *piacevo* a Rand? Dovevo piacergli a giudicare dal modo in cui mi aveva fissata, toccata, portata in braccio e... Dio.

I tipi come Rand di solito non erano attratti da imbranate come me. Non ero brutta, ma a Los Angeles di sicuro non avevo attirato lo sguardo di molti, principalmente perché non seguivo la routine da Barbie con capelli piastrati e unghie smaltate. Avevo una seconda di reggiseno, non ero rifatta. Niente abiti firmati. Solamente dei capelli rossi selvaggi.

Ero una musicista che frequentava gente creativa.

Rand era un cowboy. Un cowboy carpentiere. Un cowboy sexy, carpentiere e *lupo*.

Che sarebbe tornato lì quel pomeriggio.

Con uno strillo, corsi in doccia. Vivere nel Montana stava diventando sempre più interessante ogni giorno.

4

R AND

«UN BED AND BREAKFAST? No. Assolutamente no. È del tutto fuori questione.»

Io e Nash guardammo Rob, il nostro alfa, fare avanti e indietro per la sua enorme cucina dopo avergli dato la notizia dei piani di Natalie per il ranch di Sheffield.

Continuava a spostarsi davanti al lavandino all'estremità dell'isola. Nash era seduto al grande tavolo ed io ero appoggiato al frigo. Non avevo idea di dove fosse Willow, ma col mio udito da lupo, sapevo che non si trovava in casa.

«Non può succedere.» Si tolse il cappello e si passò una mano tra i capelli.

«Be', ovvio, concordai io, sebbene mi si stesse contorcendo lo stomaco. Mi si contorceva da lupi, cazzo. L'istinto di proteggere la mia compagna era già in lotta con la mia lealtà nei confronti del branco. Avevo sentito il suo odore alla pozza e l'avevo confermato quella mattina.

28

Perché cazzo sapeva di fottute mele e spezie? Perché il mio lupo si leccava praticamente i baffi all'idea di assaggiarla per bene per vedere se fosse altrettanto dolce? Cazzo, non era solo il mio lupo. Io volevo prenderla sotto di me. Volevo scoprire se il suo odore fosse tanto delizioso ovunque.

Adesso che conoscevo il suo odore, l'avrei trovata ovunque. Era l'unico modo in cui ero stato in grado di allontanarmi prima.

Il fatto che si trovasse appena in fondo alla strada mentre io me ne stavo lì a discutere col mio alfa faceva infuriare il mio lupo. Sapevo che dovevo restare, spiegare, ma tutto ciò che volevo fare era voltare la schiena ai miei amici e tornare da lei. Aprire la porta d'ingresso, trovarla e sbatterla sulla prima superficie orizzontale disponibile per rivendicarmela.

Eppure no. Dovevo discutere di quelle stronzate come fanno delle ragazzine ad un pigiama party. «Era un'idea, un modo per lei per guadagnarsi da vivere,» spiegai. «Non ha soldi per sistemare quel posto e ci vorrà del lavoro, come sai.»

«Non mi dimenticherò mai della mia compagna che sistemava quel fottuto tetto,» borbottò lui. «Di certo ha imparato la lezione sul salire là sopra, cazzo.»

«Oh merda,» borbottai io. L'idea di Natalie su quel tetto spiovente mi fece cominciare a sudare. Già, si sarebbe trovata col culo indolenzito se avesse anche solo pensato di fare una cosa stupida come quella. Non avrebbe osato. Vero? «C'è più da sistemare che non solo il tetto. Non riesco ad immaginarmi che il B&B possa prendere piede tanto presto. Potrebbero volerci perfino uno o due anni per risistemare quel posto, a seconda di quanti soldi ha da investire, e quello senza nemmeno tenere conto dei mobili e delle tappezzerie. Belle lenzuola e chissà che altro. Se la sua unica fonte di introiti è il fare la barista al Cody...»

Non mi entusiasmava più di tanto nemmeno quello—il fatto che guidasse nel canyon a tarda notte. Non era sicuro nemmeno alla luce del giorno e su strada asciutta. Avrei dovuto scoprire quali fossero i suoi orari e andarla a prendere. No, sarei dovuto restare lì a tenere d'occhio gli stronzi. Era bellissima e non avrei mai permesso che qualcuno ci provasse con lei.

Girai i tacchi, posai le mani ai lati del frigo e ringhiai. Dovevo sfogarmi, e in quel modo Rob avrebbe saputo che non ce l'avevo con lui. Stavo perdendo la testa. Non riuscivo a sentire l'odore di Natalie in quel preciso istante. Non potevo allungare una mano e toccarla. Non potevo sentirla scivolare sui suoi capelli selvaggi e setosi. Traendo un respiro profondo—che di sicuro non mi aiutò affatto, cazzo —mi voltai di nuovo.

Rob scosse la testa. «Non è accettabile. Non mi importa se sia sul lastrico o se sia piena di soldi. Un B&B significa umani. Qui. Proprio alla porta accanto, cazzo. Non può succedere. Abbiamo visto cos'è successo con quello stronzo di Markle nei paraggi.»

Jett Markle aveva posseduto la proprietà dall'altro lato di quella di Natalie. Aveva sparato ad uno dei nostri mutanti più giovani sotto forma di lupo. Era anche stato un corriere della droga per un cartello, per cui era stato un pessimo vicino. Tuttavia, non aveva nemmeno attirato turisti a caso alla ricerca di divertimento o di una cena in carrozza nel Wild Wild West. Quei forestieri avrebbero ottenuto più di quanto pattuito se ci fosse stata la luna piena e avessero scorto uno di noi correre. E dal momento che Natalie era la mia compagna, sarebbe stato impossibile per me tenermi alla larga da quei terreni. In qualunque forma.

«Dobbiamo sbarazzarci di lei,» disse Rob, poggiando le mani sul bancone e fissandomi. Perché non stesse facendo pressioni su Nash, non ne ero certo.

Io ci vidi rosso, le mani mi si strinsero a pugno e il mio lupo affiorò. La stanza fu percorsa da un ringhio. Nash mi venne subito accanto, stringendomi una mano su una spalla. Mi spinse sulla sedia più vicina. «Attento,» borbottò.

«Che c'è?» chiesi io, accigliandomi.

«Che cazzo hai?» Rob mi fissò, poi spalancò gli occhi sorpreso. «Mi prendi in giro, cazzo.»

«È quello che gli ho detto io,» commentò Nash.

«Che c'è?» ripetei io.

«Con la luce staccata, l'elettricità tra loro due avrebbe potuto far rifunzionare quel fusibile,» disse Nash con un ghigno.

«Ma quante diavolo di probabilità c'erano?» domandò Rob. Mi stava guardando dritto negli occhi. «Natalie è la tua compagna?»

Io scattai nuovamente su dalla sedia e spostai lo sguardo tra Nash e Rob, pronto a staccare loro la testa se avessero anche solo lanciato un'occhiata strana a Natalie. Poi mi resi conto di cosa stessi pensando, di come mi stessi comportando. «Cazzo,» borbottai, gettando il cappello al centro dell'isola e passandomi una mano sul collo. «È tanto palese?»

«Amico, hai appena ringhiato contro il tuo alfa quando ti ha detto che dovevamo sbarazzarci di lei,» replicò Nash.

Io ringhiai di nuovo nel sentirgli ripetere quelle parole. Merda, non mi ero nemmeno reso conto di averlo fatto la prima volta.

«Stai chiaramente perdendo la testa,» disse Rob. «Hai sentito il suo odore.»

Io annuii, il cazzo duro e l'acquolina in bocca a quel

ricordo. L'avevo lasciata senza assaggiarla, senza farle sapere che fosse mia. «Ho colto il suo odore ieri sera durante la corsa da luna pena e mi ha fatto impazzire.» Non rivelai di aver disobbedito alla legge del branco e di esser corso fino al ranch sotto forma di lupo. Stavo già rischiando grosso ringhiando al mio alfa. E avrei potuto uccidere Nash per essere arrivato là prima di me quella mattina, per essersi trovato da solo con lei. Quando mi aveva scritto informandomi di aver risposto ad una chiamata di servizio lì, gli avevo detto di aspettarmi. Avrei dovuto dirgli di non andarci affatto. Cazzo, ero morto dalla voglia di rivederla. Di assicurarmi che il mio lupo avesse avuto ragione alla pozza.

«Tu non ci lavoravi lì?» mi chiese lui.

«Sì, durante tutto il liceo,» gli dissi. Rob aveva un paio d'anni più di me. Quando io avevo lavorato per il Vecchio Sheffield, lui era già stato alfa da qualche anno. «Aiutavo nei campi, in casa, ovunque ne avesse avuto bisogno.»

«Hai conosciuto Natalie all'epoca?» mi chiese.

«Me la ricordo da un'estate in cui è venuta a restarci per la maggior parte del tempo. Probabilmente aveva avuto nove o dieci anni.» Sollevai una mano. «Prima che tu me lo chieda, no, non ne avevo idea. Diamine, pensi che l'avrei lasciata andare se l'avessi saputo?»

«Quanti anni avevi?»

Io mi grattai la nuca, sollevando lo sguardo al soffitto ed espirando. «Non lo so. Quindici o sedici? Ero troppo giovane, o lei era troppo giovane, non lo so. Non ha importanza. Adesso so che è mia e lei di sicuro non è una bambina, cazzo.»

Nash rise, poi si trattenne quando gli lanciai un'occhiataccia.

«Nessuno si sbarazzerà di lei, okay?» tuonai, nonostante chiaramente non fossi io l'alfa da quelle parti e, se lui avesse voluto che Natalie se ne fosse andata, lei se ne sarebbe andata. Ma io me ne sarei andato con lei.

Rob sollevò una mano. «Datti una calmata, cowboy. Nessuno sta minacciando la tua compagna.»

«I terreni degli Sheffield sono praticamente il nostro nuovo campo di riproduzione,» commentò Nash con un ghigno. Si stava divertendo fin troppo con quella storia.

Rob aveva riconosciuto la sua compagna in Willow, che era stata l'agente federale antidroga che si era finta Natalie. Adesso la vera Natalie si era presentata ed io me la stavo rivendicando.

Uno per uno, i membri chiave del nostro branco si stavano tutti accoppiando con delle umane. Doveva esserci una ragione se il Destino aveva cambiato le regole con noi. A me davvero non importava, non ora che Natalie era mia. Il perché non aveva minimamente importanza.

«Magari venderà la proprietà,» offrì Nash. «Ha bisogno di soldi, no? È l'unico motivo per cui volesse avviare un bed and breakfast. Non è che fosse il suo sogno o nulla del genere.»

Rob scosse la testa. «Jett Markle ha provato un sacco di volte a comprargliela l'anno scorso e lo stesso vale per Boyd. Non ha abboccato. Quella proprietà significa qualcosa per lei.»

«Okay, quindi devo solamente aiutarla a vederla in un altro modo,» dissi io lentamente, sfregandomi la nuca. «Farle ripensare all'idea di renderlo un B&B. Cioè, non mi sembra il tipo a cui piaccia viziare e nutrire estranei ogni giorno.»

«Vuoi dire che tu non sei il tipo. Fartela con lei sarà difficile con il signor e la signora Turisti dall'Iowa nella stanza accanto.» Nash rise della sua stessa battuta. Io non lo trovavo tanto divertente perché aveva ragione. Avevo intenzione di *farmela* con lei spesso. Per bene. E rumorosamente.

«Sembra che tu abbia tanti motivi per volerla dissuadere quanto me,» disse Rob.

«Lo farò, ma a modo mio.»

Non avevo intenzione di condividere il mio spazio con Natalie con nessuno se non con dei cuccioli. Se era tanto legata a quella casa, mi sarei trasferito lì. Il cottage che mi avevano lasciato i miei nonni era troppo piccolo per metterci su famiglia, in ogni caso. Avevo anche un debole per la casa di Sheffield avendoci lavorato per qualche anno. Non ci avevo pensato molto all'epoca, ma adesso? Adesso era l'ideale. Un sacco di terreno, vicino al resto del branco, ai miei genitori. Levi e la sua famiglia in espansione.

Rob mi lanciò un'occhiataccia. «Farai meglio. Non possiamo permettere che la proprietà confinante brulichi di umani. Non mi ero mai preoccupato del Vecchio Sheffield perché se ne stava sulle sue e ci lasciava la nostra privacy, ma non mi piace nemmeno avere un'umana—*ehi*.» Rob infuse del comando alfa in quell'ultima parola e il verso che mi stava riverberando in gola si spense subito.

Cazzo, stavo ringhiando di nuovo. «Scusa,» borbottai, abbassando lo sguardo per dimostrargli sottomissione.

«È la tua compagna, lascerò che sia tu ad occupartene, Rand,» mi disse Rob, poi mi puntò un dito contro. «Ma vedi di farlo.»

Io deglutii e annuii. Non avevo mai, mai provato il minimo istinto di sfidare il mio alfa su nulla, ma il pensiero di dire alla mia compagna che non poteva fare qualcosa o, peggio, di remarle contro mi stava praticamente uccidendo. A quell'ora il giorno prima, non avevo nemmeno saputo di *avere* una compagna, figuriamoci provare il bisogno disperato di soddisfarla.

Tuttavia, non dovevo remarle contro. Dovevo solamente conquistarla. Mostrarle come avrebbe potuto essere tra noi e poi rivelarmi per ciò che ero e ciò che eravamo. A quel punto avrebbe capito che non poteva aprire un B&B lì vicino a noi. Nulla di più semplice. Un po' di orgasmi avrebbero fatto sentire entrambi un sacco meglio, cazzo.

«Nessun problema,» dissi. Io e Nash ci alzammo e uscivo.

«Nessun problema, eh?» mi schernì Nash mentre attraversavamo il prato sul retro. «Non ti ho mai visto dare di matto come hai fatto appena adesso.»

Io sbuffai. Okay, sì. Aveva ragione. «Il suo odore. Mi sta facendo impazzire, cazzo. Me ne sono dovuto andare. E adesso mi uccide starle lontano.»

Nash si limitò a sogghignare, dandomi una pacca sulla spalla. Che stronzo. «Buona fortuna. Sono sicuro che ti divertirai provandoci.»

Io mi accigliai. Si stava compiacendo decisamente troppo a mie spese. Stronzo eccome.

Io *volevo* gettarmi Natalie in spalla, portarmela a letto, scoparmela fino a quando non si fosse dimenticata qualunque nome a parte il mio. Morderle il collo e rivendicarla. Non sarebbe finita bene. Lei era umana e scoprire che l'uomo che se l'era appena scopata con forza era anche un mutante lupo sarebbe stato difficile da elaborare. Aveva detto di non essere una grande fan dei ragni. Valeva lo stesso per tutti gli animali? Avrebbe avuto paura del mio lupo interiore? No. Mi sarei sbarazzato di qualunque suo timore. Di qualunque dubbio. Le avrei dimostrato che lei era tutto per me. Che mi sarei preso cura di lei. L'avrei protetta. Le avrei dato piacere. Non avrebbe avuto alcun dubbio nei miei confronti. Nei *nostri*.

5

ℳ ATALIE

UN PAIO d'ore più tardi, dopo aver fatto partire una lavatrice in quel seminterrato inquietante per poi aver steso i panni fuori ad asciugare, riuscii finalmente ad occuparmi della macchinetta del caffè. Come aveva suggerito Nash, la portai in salotto—la sua nuova casa fino a quando non fossi stata certa che non mi avrebbe fulminata né avrebbe fatto saltare un fusibile. La poggiai su un tavolino accanto ad una presa mentre sentivo il rumore di qualcuno che si avvicinava percorrendo il vialetto per poi parcheggiare. Non avevo intenzione di pensare a quanto mi emozionassi stranamente all'idea che si trattasse di Rand. Aveva detto che sarebbe tornato ed io non mi ero resa conto di quanto stessi fremendo nell'attesa di quel momento fino ad allora.

Quando tirai indietro le tende per guardare fuori, però, non vidi Rand, bensì un uomo più anziano che scendeva da un vecchio modello di pickup. Non l'avevo mai visto prima, ma a meno che non avessi versato un drink a qualcuno al Cody, praticamente chiunque in città mi era estraneo.

Aprii la zanzariera e andai incontro all'uomo mentre si avvicinava alla casa. Stimai che fosse sulla sessantina, un paio di centimetri più alto di me. La sua grossa cintura cercava di tenergli in dentro la pancia, ma io volevo concedergli un po' di spazio nel caso in cui si fosse arresa. Mi sarei tenuta alla larga anche perché l'espressione sul suo volto non era poi tanto amichevole.

«Buongiorno,» dissi.

«Signora. Sono Nathan Brown, uno dei suoi vicini.»

Io mi guardai intorno come se fossi stata in grado di vedere casa sua.

«Vivo sulle colline a sud di qui.»

Ciò significava che era un mutante.

«Piacere di conoscerla,» dissi io. Non aveva in mano un vassoio di brownie, per cui dovetti immaginare che non fosse venuto a darmi il benvenuto in zona. Diciamo che il benvenuto di Rand mi era piaciuto di più.

«Conoscevo suo zio. Era un brav'uomo. Riservato. Se ne stava sulle sue.»

Io annuii, lasciandolo parlare.

Lui sollevò lo sguardo sulla casa. «Questo posto ha bisogno di un sacco di lavoro. Pensavo che magari, venendo dalla grande città e tutto, avrebbe potuto volere che qualcuno gliene liberasse.»

Io mi accigliai. «Intende vendere?»

«Questo posto è piuttosto grosso per una signorina. Dubito che lei sia pronta ad affrontare questa sfida.»

«È grosso ed è una sfida.» Lui non mi sembrava abbastanza in forma da risalire i gradini della veranda, figuriamoci rifare le tegole del tetto.

«Mi piacerebbe farle un'offerta per questo posto. Un onesto valore di mercato e tutto.»

«È... generoso da parte sua. Sono appena arrivata e non sono ancora sicura di cosa ho intenzione di fare. Ci penserò, d'accordo?» La risposta era no, ma non avevo intenzione di dirglielo. Quel tizio che aveva vissuto alla porta accanto mi aveva offerto il prezzo massimo per casa mia, sebbene avessi scoperto tramite l'agenzia federale antidroga che aveva voluto unire le due proprietà per avere abbastanza spazio per una pista di volo privata per il suo giro di droga. Anche Boyd Wolf si era offerto di acquistare la proprietà, senza dubbio per motivi legali. Avevo detto di no anche a lui.

Certo, quel posto era fatiscente, ma era mio. Era appartenuto allo Zio Adam e lui l'aveva lasciato a me per un motivo. Non avevo capito esattamente quale fosse, ma non avevo intenzione di vendere. Non ancora. Se mai avessi deciso che quella sarebbe stata l'opzione migliore, non l'avrei comunque venduto a quel tipo.

Sembrava losco. Quale uomo sulla sessantina si prendeva una proprietà come la mia? Aveva bisogno di lavori. Lui avrebbe dovuto dirigersi in Arizona o in qualche posto caldo per l'inverno. A mangiare noccioline al centro veterani del paese. Non avere a che fare con un pessimo impianto elettrico e degli elettrodomestici che ti folgoravano.

Non sembrava nemmeno essere pieno di soldi. I suoi abiti erano datati e consumati. Così come la sua auto. Ciò non significava che non avesse i mezzi per acquistare i miei terreni o un centinaio di altre proprietà, ma che intenzioni aveva?

«Gli inverni nel Montana sono lunghi,» mi avvertì.

«Ho un cappotto pesante e degli stivali. La ringrazio molto per la sua visita, signor Brown.»

Lui mi fissò come in attesa che gli dicessi altro. Quando io non lo feci, mi rivolse un cenno del capo per poi tornare a passi pesanti alla sua auto e allontanarsi. Solo quando la polvere si fu nuovamente posata a terra io tornai dentro e attaccai la spina della macchinetta del caffè. Prima di riuscire a prepararmene una caraffa, sentii qualcun altro percorrere il vialetto.

Questa volta si trattava di Rand. Accostò e parcheggiò.

Ed ecco che il mio cuore partì a razzo, proprio come prima. Mi balzò dritto in gola. Dio, era bellissimo. Non avevo idea di avere un debole per i cappelli da cowboy e i jeans stretti. Il solo vederlo scendere dalla sua auto mi eccitava. Le mie dita prudevano dalla voglia di afferrare le spesse ciocche dei suoi capelli al di sotto del cappello e attirarlo a me per un bacio.

Decisamente non avevo avuto certi pensieri per Nathan Brown. Gah.

Ero una tale zoccola nella mia testa quando si trattava di Rand perché mi ero immaginata tutto quello mentre lui mi portava due buste della ferramenta e quello che sembrava un sacchetto di cibo da asporto. Nulla che offrisse del sesso.

Gli tenni aperta la zanzariera e lui rallentò mentre mi passava accanto. Quando si chinò, giuro che inspirò.

Oh mio Dio!

Mi aveva annusata.

Decisamente un lupo. Mi sentii arrossire nel domandarmi se gli piacesse il mio odore. Me l'ero messo il deodorante? Sospirai tra me, ricordandomi che l'avevo fatto. Grazie a Dio. Cosa aveva colto con quel breve respiro? Cosa riusciva a capire di me da un'annusata? A che punto del mio ciclo fossi? Il fatto che fossi eccitata dalla sua vicinanza? Dio, riusciva a sentire dall'odore che mi stavo bagnando?

Avrebbe dovuto essere inquietante. Se qualunque altro

uomo mi avesse annusata gli avrei tirato un pugno. Ma Rand... non era quello che avevo in mente di fare.

«Ho preso un paio di panini mentre ero in città.» Posò il sacchetto del cibo sul tavolo della cucina e le buste della ferramenta sul bancone. «Ho comprato anche un paio di allarmi antincendio in più per la casa. Non mi piace l'idea di te da sola in questa polveriera senza degli adeguati dispositivi di sicurezza. Dovrei rimanere qui fino a quando l'impianto elettrico non sarà sistemato.»

«Um, wow. Um, è... okay.» Sbattei le palpebre. Avevo ragione, gli *interessavo*.

Cercai di ignorare quelle folli palpitazioni nel petto. Non ero abituata a tanta attenzione maschile. Avevo avuto un paio di ragazzi al college, ma non mi era capitato che qualcuno praticamente estraneo si mostrasse tanto interessato a me. Certo, ci eravamo già conosciuti in passato, ma io ero solamente una bambina. All'epoca, l'avevo considerato carino prima ancora di scoprire le prime palpitazioni da interesse femminile, ma cosa ne sapeva una bimba di dieci anni? Qualunque cotta mi fossi potuta prendere era terminata quando l'avevo visto trasformarsi in un lupo. Per fortuna, lo Zio Adam mi aveva creduta per poi confermare ciò che avevo visto. Mi aveva perfino detto che Rand non era l'unico mutante in zona.

Più di quindici anni più tardi, le cose erano uguali. Rand era ancora bellissimo, ancora un mutante e ancora non era l'unico nei paraggi. La mia proprietà si trovava proprio accanto alla base dei Wolf.

Ciò significava che c'erano così tante cose che non sapevo sul suo conto. Già, praticamente un estraneo. Praticamente un estraneo che mi guardava come se fosse stato affamato e non di panini.

Era decisamente strano il modo in cui esprimeva il

proprio interesse in una maniera esagerata e protettiva. E molto lusingante. E prepotente. Voleva trasferirsi da me?

Forse era così che si comportavano gli uomini-lupo. Magari Rand era un bel dongiovanni. Aveva perfino detto che eravamo vicini. Ero una scopata comoda, nel posto giusto al momento giusto.

Non potevo dimenticarmi, nemmeno dopo tutto quel tempo, della storia tragica e personale dello Zio Adam. Mi aveva chiarito come stessero le cose con tipi come Rand. I lupi non potevano stare con gli umani. Non per sempre, in ogni caso. Era proibito. Una scopata occasionale probabilmente andava bene, e la mia figa stava pensando che non fosse una cattiva idea. Non fosse che—

Quando era ancora al liceo, lo Zio Adam si era innamorato di Maggie, una mutante femmina del Wolf Ranch. A lei, però, non era stato permesso uscire con lui. Un umano. Perfino allora, era contro le regole del branco. Mi aveva raccontato che si erano incontrati in segreto e avevano condiviso un amore folle, ma uno che era giunto al termine quando si erano diplomati.

Maggie era stata costretta a lasciarlo. Non molto tempo dopo, Adam aveva sentito dire che avesse lasciato il branco per sposarsi—no, per accoppiarsi—con un mutante lupo nel Nebraska. Una specie di matrimonio combinato.

Era una storia triste di amore non corrisposto e il motivo per cui lo Zio Adam non si era mai sposato né aveva avuto figli. Aveva avuto un'espressione distante negli occhi quando mi aveva detto che nessuno avrebbe potuto reggere il confronto con la sua dolce Maggie. Era anche il motivo per cui si era sentito estremamente protettivo nei confronti del branco che viveva sui terreni lì accanto e del segreto che Maggie aveva condiviso con lui. Non avrebbe dovuto sapere dei mutanti, ma ne era stato a conoscenza e aveva custodito quella nozione per il resto della sua vita.

Quando gli avevo raccontato di come avessi visto Rand ferito dal trattore trasformarsi in un lupo, lui mi aveva inclusa in quel segreto e aveva condiviso la sua storia personale con i mutanti. Dopodiché, lo Zio Adam mi aveva fatto giurare di mantenere il segreto a mia volta. Mi aveva detto di non parlare mai con Rand del fatto che l'avessi visto mutare o lasciar intendere di sapere qualcosa sulla loro razza, che lui e il resto della sua famiglia e tutti quanti al Wolf Ranch fossero mutanti. «Si meritano quella pace,» mi aveva detto lo Zio Adam.

Mi ricordavo della sua voce morbida e roca nel dirmelo, come io avessi annuito solennemente in risposta. Come mi fossi sentita speciale nel trovarmi responsabile di una cosa tanto grossa. Quell'estate era stata l'ultima volta in cui ero andata al ranch ed era stato facile mantenere il segreto. Nessuno a casa, specialmente i miei genitori, mi avrebbero creduta. L'avevo mantenuto per tutto quel tempo. Perfino quando Rand era comparso sotto forma di lupo in cima alla cascata a guardarmi fare il bagno nuda.

Perfino ora che era il mio impresario. Dovevo fingere di non conoscere la verità su lui e Nash, il fatto che fossero mutanti.

«Tacchino o roast beef?» mi chiese lui, facendomi trasalire. Si era lavato le mani nel lavandino e aveva usato un canovaccio per asciugarsele. Tirando fuori dei panini incartati dal sacchetto, mi guardò. «Hai fame? Non sei vegetariana o vegana o qualcosa del genere, vero?»

Io risi, andando al lavandino a lavarmi anch'io le mani. «No. Sebbene abbia mangiato un sacco di maccheroni al formaggio e spaghetti in bianco per sopravvivere al college. Tacchino, per favore.»

«Niente più spaghetti per te. Mi assicurerò che tu sia ben nutrita, cara.» Rand mi rivolse un ghigno e, quando notai che aveva una fossetta sulla guancia, mi si sciolsero le mutande. Dio, sarebbe stata dura averlo in casa a ristrutturare, più il fatto che fosse figo, più il fatto che fosse un mutante...

Lui trasse un respiro profondo e sembrò che i suoi occhi azzurri si fossero scuriti.

Lo volevo. Forse era stato nei meandri della mia mente per tutti quegli anni, ma c'era un'attrazione tra noi due. Mutante o meno. Come se il segreto che custodivo, quello che lui non aveva intenzione di svelare, mi avesse fatta sentire più legata a lui.

Non avevo alcun problema a farmi una storiella con un cowboy lupo. Un'avventura con l'impresario era ciò di cui erano fatti i porno. Non ero venuta a Cooper Valley alla ricerca di un marito o di un fidanzato duraturo. Se Rand avesse voluto spargere il suo seme tra le umane prima di andare ad accoppiarsi in qualche altro branco o qualunque cosa fosse che facevano, io ci stavo.

Ci stavo eccome. Dovevo solamente ricordarmi di non farmi coinvolgere a livello emotivo, come lo Zio Adam, perché Rand non sarebbe rimasto. Proprio come Maggie con lo Zio Adam.

Rand fece un passo verso di me. In qualche modo, sembrava più grosso. Era grosso *ovunque*? Dovetti chiedermi se i cazzi dei lupi fossero più grossi di quelli di un uomo qualunque. Era proporzionato? *Super* proporzionato? Oddio, la mia mente pensava solo a porcherie.

Schiarendomi la gola, aprii il vecchissimo frigo e ne tirai fuori una brocca di limonata che avevo comprato al negozio. «Ne vuoi un po'?»

«Perché no, Rossa?» Mi fece l'occhiolino.

Mi sciolsi ancora un po' a quel soprannome. Lo usava come se fossimo stati grandi amici, non dei semplici estranei che si ricordavano vagamente l'uno dell'altro da quindici anni prima. Il fatto che si ricordasse di me, però, dopo tutto quel tempo... mi sarei sciolta in un brodo di giuggiole prima di aver finito di pranzare.

Bevvi un sorso di quella bevanda aspra, leccandomene le gocce dalle labbra. Il mio sguardo scattò nel suo quando sentii un brontolio. Aveva *ringhiato*?

«Hai fame, eh?» gli chiesi.

Lui incurvò un angolo della bocca verso l'alto. «Non ne hai idea.»

Fece un passo verso di me, come se avesse avuto fame di—

«Al piano di sopra,» sbottai. *Ommioddio*, cosa mi era appena uscito di bocca?

Lui si bloccò, un sopracciglio scuro che si inarcava e un angolo della bocca che si curvava verso l'alto.

«Al piano di sopra? Che cosa vorresti fare al piano di sopra?» mi chiese, la voce in qualche modo più profonda di prima. Più roca.

Avrei voluto che mi spogliasse e mi scopasse con forza, ma non potevo dirglielo. Mai.

«Rossa?» Le sue nocche mi accarezzarono la guancia ed io chiusi gli occhi. «Hai bisogno di qualcosa da parte mia? Tutto ciò che devi fare è dirmelo ed io me ne occuperò.»

Ci avrei scommesso. La mia figa si contrasse all'idea di tutto ciò che avrebbe potuto succedere. Aprii gli occhi e mi resi conto che si era fatto ancora più vicino. Piegai indietro la testa per incrociare il suo sguardo.

«Prima di mangiare, potresti, um, fare qualcosa di grosso e virile per me?»

Grosso e virile? Di tutte le cose che potevano non andare

in quella casa, perché non poteva esserci un buco dove sotterrarsi?

Rand mi rivolse un ghigno impudente. «Cara, mi piacerebbe molto fare cose virili per te. Fammi vedere di cosa hai bisogno.»

Fu la prima cosa che mi venne in mente, a parte un po' di sesso. Mi sentii ancora più stupida di prima, ma non potevo dire semplicemente *lascia stare*. «Vieni.» Lo attirai piegando un dito e uscendo dalla cucina, i panini dimenticati.

Il suo sorriso fu decisamente lupesco mentre si toglieva il cappello, lo posava sul tavolo della cucina e mi seguiva. I miei capezzoli reagirono al modo in cui mi stava guardando. Si indurirono per colpa sua.

Lo condussi al piano di sopra, ancora una volta fortemente consapevole del suo sguardo che immaginai fosse sul mio culo. «Qui dentro.»

Lo condussi in casa mia e indicai la finestra da lontano.

Lui spostò lo sguardo dalla finestra a me, leggermente confuso. «Che cosa c'è, cara?»

«Nell'angolo.»

Lui andò da quella parte. Io mi ritrassi man mano che si avvicinava. «Il ragno?» Si voltò e mi rivolse un ghigno da sopra la spalla, quella fossetta che mi stendeva di nuovo. «Hai paura dei ragni, Rossa?»

«Sì,» dissi subito, annuendo, così che non ci fosse alcun dubbio. «Mi sta bene qualunque altra cosa che non siano i ragni...» Rabbrividii.

Rand afferrò il bicchiere d'acqua vuoto accanto al mio letto e lo mise sopra al ragno sulla parete, per poi portarlo con attenzione alla finestra aperta. Quella non aveva una zanzariera, per cui lui scosse il bicchiere di fuori per poi voltarsi nuovamente verso di me.

Non l'aveva ucciso. L'aveva liberato.

«Sparito, cara.» Posò nuovamente il bicchiere sul comodino, ma io non ci avrei più bevuto fino a quando non l'avessi lavato. Col cavolo.

Mi si avvicinò, abbracciandomi come se fossimo già stati amanti, come se l'avesse fatto un centinaio di altre volte. «Non c'è bisogno di aver paura,» mormorò, formando delle piccole rughe agli angoli degli occhi mentre mi sorrideva. «Mi occuperò di tutti i ragni che ci sono qui.»

Io mi ritrovai improvvisamente a rabbrividire. La maggior parte delle case nel Montana non aveva l'aria condizionata. Quella in particolare, dal momento che non aveva nemmeno un impianto elettrico a norma. Dovevano esserci più di ventisei gradi al secondo piano. Non avevo minimamente freddo. Fu per via della vicinanza di Rand, delle sue forti braccia avvolte attorno a me per la seconda volta quel giorno.

Rand era affascinante—molto affascinante. Sapeva far sentire una donna a proprio agio. Quale donna non voleva un domatore di ragni come amante? Dovevo scommettere che si svegliasse nel letto di una donna diversa come minimo due volte alla settimana. Cacciai via quel pensiero scoraggiante.

Io mi trovavo tra le sue braccia in quel momento, anche se fossi stata un'altra voce da spuntare dalla sua lista. Lo volevo? Alla mia figa non importava. La mia mente, però, la pensava diversamente.

Ovviamente mi sarebbe piaciuto molto essere quella speciale, ma ero abbastanza furba da sapere che non era possibile. Volevo solamente sapere anch'io cosa si provasse, sapere che la pensasse come me. Temporaneamente. Togliermi uno sfizio. Sfogarmi un po'.

Scommetto che era incredibile a letto.

Probabilmente mille volte meglio dei miei ex. Con le sue braccia attorno a me, non riuscivo nemmeno più a visualizzarne uno nella mia mente.

La mano di Rand scese lungo la mia schiena, posandosi sulla mia natica e stringendola. «Quali altri compiti virili hai a disposizione per me, Rossa? Se hai bisogno di aiuto a farti venire qualche idea...»

Improvvisamente respiravo come se fossi salita di corsa per tre rampe di scale. I nostri sguardi si incrociarono e si sostennero, i suoi occhi azzurri intensi e selvaggi. Sollevai una mano e feci scorrere le dita tra i suoi riccioli scuri come avevo voluto fare prima.

«Be', ci sarebbero un paio di cose...» La voce mi uscì bassa e roca. Cominciai ad indietreggiare verso il letto. Già, la mia figa aveva vinto il duello contro la mia mente.

Lui mi seguì senza sforzo, senza sciogliermi dal suo abbraccio. «Ah sì?»

La mano che non era sul mio culo si avvolse dietro la mia nuca, tenendomi imprigionata. Percepivo il suo predominio, quel potere indomito nella sua presa. Era delicata, ma sapevo chi era al comando. Lui chinò le labbra verso le mie.

«Raccontami tutto,» mormorò, la sua bocca così vicina da sfiorare la mia.

Io deglutii con forza. «Quanto ci sai fare con la lingua?» gli chiesi.

La sua bocca scese sulla mia nello stesso istante in cui mi spinse di schiena sul letto. Sostenne il proprio peso con una mano, continuando a tenermi la testa con l'altra mentre le sue labbra si scontravano con le mie. La sua lingua si insinuò nella mia bocca nello stesso istante in cui il rigonfiamento della sua erezione trovò la conca tra le mie gambe.

Annaspai, aprendo di più la bocca per lui, ondeggiando i fianchi per andare incontro ai suoi. Sentii quanto fosse grosso. Duro. Quanto mi desiderasse.

«Stavi pensando che volevi la mia lingua qui?» Mi leccò un angolo della bocca per poi ritrarsi abbastanza da stringermi la figa con una mano. «O qui?» Fece scorrere una nocca sulla cucitura dei miei pantaloncini, mandandomi delle scosse di piacere dritte al clitoride. Se era così bello con i vestiti addosso, allora ero in guai grossi.

Morse il tessuto che mi copriva uno dei seni. «O magari qui?»

Io gli strattonai l'orlo della maglietta, morendo dalla voglia di vedere se avesse degli addominali scolpiti. Sapevo che ce li aveva e basta.

Già.

Ce li aveva. Lui mi aiutò allungando un braccio e facendo quella mossa per togliersi la maglia con una mano sola che pensavo sapessero fare solamente gli uomini dei film.

Oh Gesù Cristo sia lodato. Quell'uomo—lupo—quello che era, era bellissimo. Muscoli gloriosamente compatti, un petto villoso che praticamente mi implorava di graffiarlo con le unghie che mi ero appena fatta crescere. Unghie che non andavano bene per suonare il violino.

«Che mi dici di tutti questi posti, cara? Vuoi la mia lingua ovunque?»

«Sì, ti prego.» Sembravo completamente senza fiato.

Lui si sfregò nuovamente tra le mie gambe. «Visto che me lo chiedi tanto gentilmente...» Fece scorrere la lingua dall'incavo della mia gola giù fino ai miei seni.

Mi sollevò la canottiera. «Posso togliertela questa, Natalie?»

Oddio. Figo *e* rispettoso. Avrebbe potuto trattarsi di una

semplice pomiciata se io non avessi voluto spingermi oltre. Si sarebbe fermato. Mi avrebbe baciata fino a farmi impazzire, magari mi avrebbe perfino fatta venire con la sua mano da sopra i pantaloncini come se fossimo stati adolescenti.

Non era quello che volevo. Se avessi potuto averlo solo per divertirmi un po', allora volevo divertirmi *per bene*. Lo dovevo alle donne di tutto il modo di vedere quell'uomo nudo. Di prendermi quel cazzo dentro e farci una cavalcata.

«Mmm mmh.» Sollevai leggermente il busto, facendolo mettere in ginocchio così da avere spazio per tirarmi via la maglia dalla testa, e attesi che mi sganciasse il reggiseno già che c'era. «Adoro il fatto che tu me l'abbia chiesto, bel fusto, ma, um—hai il via libera.»

Lui mi ravviò i capelli. «Aw, cara. Mi stai dicendo che ho io il comando?»

Ero piuttosto certa di essere arrossita fino alla radice dei capelli, ma annuii. Immaginai che avesse molta più esperienza lui di me. Decisamente non volevo essere io a condurre quello spettacolo. Non quando era palese che fosse lui a saperci fare.

«L'ho sempre avuto.» Che stronzo impertinente.

I suoi occhi assunsero quello strano luccichio ultraterreno quando mi osservò i seni. Non ce li avevo grossi, ma lui non sembrò deluso. Anzi.

Il mio sguardo scese tra i nostri corpi fino al rigonfiamento nei suoi jeans e notai due cose. Uno—i lupi ce l'avevano *decisamente* più grosso degli umani. Due—ce l'aveva duro come una roccia per me.

Non andò di corsa. No, Rand mi diede tutto ciò che avevo sperato, abbassando la bocca sul mio seno destro e leccandomi e stuzzicandomi il capezzolo mentre mi stringeva e massaggiava il sinistro.

Io gemetti, trovando le sue spalle massicce con le dita e aggrappandomici. «Rand,» esclamai quando mi morse il capezzolo. Quella piccola scossa di dolore mi andò dritta al clitoride.

«Aw, cazzo, cara. Continua a urlare il mio nome con quella tua voce dolce e vogliosa e ti darò tutto ciò che vuoi.»

Io quasi venni in quel preciso istante. Era molto meglio quello di tutti quei rapporti a luci spente ed educatamente imbarazzanti che avevo avuto con artisti o musicisti. Rand era tutto maschio alfa—sicuro delle sue abilità sessuali e con un approccio capace di farti svenire... perfino dopo aver delicatamente portato un ragno fuori di casa.

Passò all'altro mio seno, concedendogli lo stesso trattamento, ma riportò la mano tra le mie gambe. Strinsi le cosce attorno alle sue dita, avendo bisogno di qualcosa di più lì. Più pressione. Penetrazione. Soddisfazione.

«Sbottonati quei pantaloncini, cara,» borbottò Rand quando sollevò brevemente la testa. Agitò le sopracciglia e mi rivolse un ghigno. «Visto? Non te lo sto chiedendo, questa volta.»

Una scossa di piacere mi arrivò dritta all'intimità, come se dei semplici accenni al suo predominio sessuale mi avrebbero fatta venire. Sapeva che volevo che assumesse il controllo o era un dato di fatto? Se fossi stata io prepotente, mi avrebbe permesso di dominarlo?

Sì, me l'avrebbe *permesso*. Sapevo che era lui al comando e lo volevo così. Mi eccitava.

Abbassai una mano, armeggiando freneticamente per aprirmi i pantaloncini. Ci infilai dentro la mano io stessa, scioccata da quanto fossero gonfie e bagnate le mie labbra.

Rand mi afferrò il polso e mi tirò via la mano per poi portarsi le mie dita alla bocca, sostenendo il mio sguardo mentre mi succhiava lentamente via l'essenza dalla punta.

«Mmm. Sapevo che avresti avuto un buon sapore, Rossa. Ma non sapevo quanto buono. Però vedi, darti piacere è compito mio. E tu ti stai appropriando dei miei doveri. Per cui penso che sia il caso di punirti.»

Punirmi? Mi si ribaltò lo stomaco, ma non per la paura. Decisamente per l'emozione. Se chiunque mi avesse chiesto il giorno prima se mi fosse interessato il sadomasochismo, avrei detto assolutamente di no. Rand, però, mi stava mostrando un lato di me stessa che non avevo nemmeno saputo di avere. Desideri che non avevo mai scorto prima.

Mi fece rotolare a pancia in giù e mi tolse del tutto pantaloncini e mutande. Mi sculacciò leggermente.

Troppo leggermente. Io gemetti e inarcai la schiena.

Mi guardai alle spalle. «Più forte,» sussurrai, mezza impaurita di cosa gli stessi chiedendo.

Il ghigno lupesco di Rand fece la sua comparsa. La sua mano mi colpì prima ancora che avessi il tempo di ripensare alla mia richiesta.

«Oh!» Strinsi le cosce, incredibilmente eccitata.

Rand ridacchiò perversamente. «Non ti chiederò se ne vuoi ancora, cara, perché mi hai detto di non chiedertelo, per cui ti sculaccerò fino a quando non penserò che tu sia bella bagnata.»

Oh. *Dio.*

Ero già bella bagnata, ma il fatto che avesse suggerito che potessi bagnarmi ancora di più sembrava farmelo fare. La sua mano mi colpì, forte e veloce. Mi percosse le natiche, alternando tra l'una e l'altra, destra e sinistra per otto sculacciate, poi mi insinuò le dita tra le gambe.

Io venni inalando bruscamente.

Così e basta—bagnata in modo imbarazzante, contraendomi sotto la punta delle sue dita, che non mi erano nemmeno dentro.

«Oh, *dannazione*, Rossa. È eccitante da morire. Ti è piaciuta la mia sculacciata, vero?»

Emisi un verso incomprensibile mentre lasciavo cadere la testa sul materasso. Ero imbarazzata, ma ancora così fottutamente eccitata. «Di più,» mormorai.

Rand si lasciò sfuggire un'imprecazione e tornò a sculacciarmi, aumentando leggermente l'intensità, per cui io cominciai a dimenarmi prima che si fermasse per accarezzarmi di nuovo l'intimità. «Girati,» mi ordinò, ma non attese che obbedissi. Mi afferrò un fianco e mi spinse sulla schiena per poi allargarmi le ginocchia e sistemarsi tra le mie gambe.

«Rand,» strillai io. Stavo cercando di riprendere fiato, di concentrarmi di nuovo, ma lui lo stava rendendo impossibile.

«Quanto in fretta verrai per me questa volta, Rossa?» Chinò la testa e mi fece passare la lingua tra le labbra inferiori, allargandole e tracciandone l'interno.

Io mi inarcai, le mie mani che si agitavano fino a trovare la sua testa. «Ohhh-oh, Rand!» Infilai le dita tra i suoi capelli e tirai, attirandolo contro la mia intimità. Lui trovò il mio clitoride e vi strinse le labbra attorno, succhiando.

Io rabbrividii. Annaspai.

Lui mi insinuò un dito dentro. Poi un altro.

«Oddio, ti prego,» implorai.

Pompò le dita, continuando a sfregare la lingua sul mio clitoride. Quando passò ad accarezzarmi dentro, io mi impennai, le mie ginocchia che si stringevano sulle sue orecchie. Nessuno aveva mai colpito quel punto prima di allora. Era così bello. Un piacere edonistico per il gusto del piacere. Rand si lavorava il mio corpo meglio di quanto io non avessi mai suonato quel violino.

Strozzai su un grido. Trattenni il fiato. Ne emisi un altro.

E poi venni, così tanto più forte dell'ultima volta. Un orgasmo a tutto corpo che mi fece stritolare le sue dita come ad attirarle più a fondo. Le mie gambe gli colpirono accidentalmente la schiena mentre mi dimenavo e pompavo i fianchi e urlavo il suo nome venendo, venendo e venendo ancora.

6

IL DESTINO ERA più dolce della luce della luna. Non riuscivo a credere che mi avesse accoppiato a quel bellissimo e reattivo angelo di un'umana. Una lince tra le lenzuola. E non avevamo nemmeno scopato. Era così reattiva, così... perfetta. Quella sua figa, tutta rosea e gocciolante, la mia bocca salivava dalla voglia di assaggiarne ancora.

Quando le sue cosce mi si strinsero attorno alle orecchie, pensai di venire soffocato a morte. Che bel modo di andarmene. Sexy, eccitante e dolce. Era così lei per me. Non ne avrei mai avuto abbastanza, non avrei mai desiderato altro che quella figa per il resto della mia vita.

Era mia e, in cambio, io ero il suo schiavo.

Attesi che l'orgasmo di Natalie fosse passato e che lei si fosse accasciata prima di tirare fuori le dita e leccarmele. Avrei avuto spesso quel sapore sulla lingua. Svegliarla con la mia testa tra le sue cosce sarebbe stata la mia nuova routine mattutina.

Se avessi avuto un preservativo, avrei potuto scoparmela perché avevo il cazzo talmente duro che avrei potuto piantarci dei chiodi, però no—così mi sembrava giusto. Io che soddisfavo la mia compagna. Che le dimostravo esattamente che cosa avessi in serbo per lei una volta che si fosse sottomessa al mio morso di rivendicazione. Sarebbe sempre stata soddisfatta, le sue necessità esaudite. Se avesse voluto farsi sculacciare, avrebbe avuto l'impronta della mia mano su tutto il suo culo. Qualunque cosa avesse desiderato, sarebbe stato mio compito dargliela.

Non era vergine, e la cosa mi fece digrignare i denti. Che ci fosse un uomo là fuori che aveva visto quel corpo, l'aveva toccato, l'aveva fatta urlare, mi faceva venire voglia di dargli la caccia e ucciderlo. Non aveva importanza, era mia adesso e nessun altro l'avrebbe toccata. Diamine, se le cose fossero andate come volevo io, nessuno l'avrebbe guardata. Non l'avrebbero vista così, nuda e soddisfatta...

Aveva gli occhi chiusi, le labbra ancora aperte e il suono del mio nome pronunciato con quella sua voce ansimante riecheggiava ancora tra le pareti.

Era un suono che non mi sarei mai dimenticato per il resto della mia vita.

Mi sistemai l'uccello. Cazzo, mi facevano male le palle. Erano così piene, e tutto per lei.

Natalie aprì le palpebre. Le sue ciglia erano di una sfumatura di rosso più chiara, come le sue sopracciglia, e aveva una spruzzata di lentiggini sul naso. Avrei voluto restare proprio lì dov'ero ed esaminare ogni centimetro del suo corpo perfetto. Contare quelle lentiggini.

Lei si leccò le labbra, abbassando lo sguardo lungo il mio corpo. «E tu?» Aveva la voce roca.

Io scossi la testa. «La prossima volta, Rossa. Questo ero io che mettevo in mostra le mie abilità grosse e virili.»

Lei si sollevò sugli avambracci e sorrise, gli occhi ancora annebbiati, le guance ancora rosse. «Hai delle abilità folli.»

Con riluttanza, recuperai le sue mutandine da terra e gliele porsi. L'ultima cosa che volevo era coprire quella figa. Se avessi potuto fare di testa mia, l'avrei tenuta nel letto a quel modo tutto il tempo. Non per scoparmela, ma con le gambe aperte, bagnata e pronta ad essere soddisfatta da me. Farla venire appagava il mio lupo. E me.

Lei distolse lo sguardo mentre si tirava su le mutandine lungo le gambe. «È, uh, un servizio che offri a tutte le tue clienti femmine?»

Io mi accigliai. Di cosa stava parlando? «Nossignora.»

«Lascia stare,» si affrettò a dire lei, allungando una mano verso il suo reggiseno e infilandoselo. «Non avrei dovuto parlarne. Non ha importanza.»

«Non lo faccio,» insistetti io, con la forte sensazione che avesse importanza eccome—un sacco. Nemmeno io ero vergine, ma mi infastidiva il fatto che pensasse di essere solamente una tra tante. Lei era quella giusta. *L'unica.* «È stata una prima volta per me.» Dannazione, nemmeno quello mi era uscito nel modo giusto.

La sensazione irritante di star rovinando le cose si acuì.

Cazzo! Avrei dovuto prestare più attenzione a mio fratello e agli altri ragazzi che si erano accoppiati con delle umane. Ricordarmi che cosa avessero detto. Le donne umane vedevano le relazioni in modo diverso da noi.

Lei si infilò la canottiera e scese di scatto dal letto. «Be', non vedo l'ora della tua prossima volta,» disse in tono spensierato, però, per qualche motivo, mi sembrò forzato. Come se non avesse appena urlato il mio nome... due volte.

Per il Destino, non avevo idea di cosa passasse per la testa di una femmina umana!

«Quando quella figa avrà voglia di me, fammelo sapere,» dissi. Le porsi i suoi pantaloncini, poi mi infilai la maglietta. «Ti è venuta fame?» Io avevo già consumato il mio pasto.

Non sapevo perché nutrirla mi sembrasse tanto maledettamente importante, ma il mio lupo voleva prendersi cura delle sue necessità. Dimostrare di potersi occupare di lei. Proteggerla. Soddisfarla.

«Moltissima,» affermò.

Io mi guardai attorno nella camera da letto. «Niente più ragni da uccidere? Hai bisogno di altro da parte mia quassù? Intendo per il momento—tornerò ad occuparmi di quella figa avida, non preoccuparti.» Le feci l'occhiolino, nonostante le cose non sembrassero essere spensierate quanto avrebbero dovuto.

Lei rispose al mio sorriso sebbene arrossì adorabilmente come se fosse stata imbarazzata dal modo in cui si era comportata.

Come no. Era stata eccitante da morire.

Scosse la testa. «Ci sai fare, cowboy.»

Saperci fare? Io non volevo saperci fare. Volevo essere sincero. Volevo anche che sapesse che mi sarei preso cura di lei. In ogni modo.

Avrei dovuto chiarire meglio quali fossero le mie intenzioni, lì.

«*Adesso* ho fame,» disse lei, ondeggiando i fianchi mentre usciva dalla camera da letto. «Grazie per aver portato del cibo.»

Io la seguii giù per le scale, tenendo lo sguardo fisso su quel suo bel culetto. Quello che mi aveva appena permesso di sculacciare fino a farlo rosso. Avrebbe pensato a me ogni volta che si fosse seduta.

Quel piccolo promemoria fece gonfiare il petto d'orgoglio al mio lupo.

Ci lavammo entrambi le mani e ci sedemmo al tavolo traballante della cucina per mangiare. Io dovetti sistemarmi l'erezione per non farla stritolare dalla zip.

«Allora, Rossa. Ne è passato di tempo. Aggiornami sulla tua vita.» Scartai un panino e poi l'altro. «Tacchino, roast beef o metà di entrambi?»

Le lanciai un'occhiata. Attesi.

«Metà di entrambi,» rispose lei.

Io tagliai i panini così che entrambi ne avessimo di ogni tipo, poi spinsi i suoi verso di lei.

«Grazie.» Sollevò quello al tacchino e ne prese un morso. Io feci lo stesso, in attesa.

Lei si ripulì un po' di senape dal labbro con un dito ed io osservai intensamente quella mossa, immaginandomi una piccola goccia del mio seme incastrarsi lì dopo che me l'avesse succhiato. Repressi un gemito e bevvi un paio di lunghi sorsi della limonata che aveva versato prima per cercare di freddare i bollenti spiriti.

«La versione breve è che sono tornata a casa dopo quell'estate. Sono andata al college per studiare musica dopodiché ho proseguito per conseguire il mio master. Ho ereditato questa casa e adesso mi trovo qui.»

«Che altro?»

«Tipo?»

Io feci spallucce. «Qualunque cosa. Non dev'essere speciale.» Staccai un morso dal panino al roast beef.

Lei incurvò le labbra in un bellissimo sorriso. «Be', sai già che odio i ragni e che suono il violino—be', *suonavo*.»

Io sollevai di scatto la testa, all'erta. «Cosa vuoi dire *suonavi*?»

«Non so. Penso che, in realtà, ho chiuso con la musica.

Per sempre. Il master mi ha succhiato via ogni ultima goccia di piacere al riguardo. Ho questo terribile dolore alla scapola ogni volta che suono e mi si contorce lo stomaco e tutto ciò al quale riesco a pensare e quanto non sia divertente.»

«Wow. Mi dispiace. Da quanto ti senti così?»

«Praticamente dal secondo semestre del master.»

«Non hai pensato di smettere all'epoca?»

Lei si corrucciò. «Ci ho pensato, ma non potevo.»

«Perché no?»

Lei sollevò le spalle delicate. «I miei genitori odiavano il fatto che fossi andata al college. Io volevo andarmene e sapevo che il college era il modo giusto. Odiavano ancora di più il fatto che avessi studiato musica. Volevano che restassi a casa, che facessi un lavoro con stipendio minimo come loro e contribuissi a mandare avanti la casa come avevo fatto sin dall'età di quindici anni. Abbiamo avuto un grosso litigio quando mi sono iscritta, nonostante a loro non fosse costato un centesimo. Avevo ottenuto una borsa di studio e facevo tre lavori diversi per mantenerla.»

Io piegai la testa. «Per cui dovevi dimostrare loro di aver fatto la scelta giusta?»

Lei rise, coprendosi la bocca con un tovagliolo. «Praticamente, sì. Le donne coi capelli rossi sanno essere piuttosto cocciute, nel caso tu non l'abbia sentito dire.»

Io risi. «*L'ho* sentito dire.» La scrutai in volto—la spruzzata di lentiggini sul suo naso, il marrone chiaro dei suoi occhi. Cazzo, avrei potuto guardarla tutto il giorno.

Quindi la mia compagna era testarda. Potevo gestirlo. Avrebbe avuto il culo rosso per quello. E l'avrebbe adorato.

«Mi hai detto che sei venuta qui perché era casa tua, senza ipoteche o altre spese. Ti ci sono voluti, quanti, quasi due anni per farti viva?»

Lei annuì. «Ero a scuola, poi l'agenzia federale antidroga mi ha chiamata e ha rimandato un po' i miei piani.»

Già, tutto quel fiasco con Jett Markle. Ripensandoci, ero felice che fosse successo dal momento che Rob aveva conosciuto la sua compagna. Per certi versi, Natalie li aveva aiutati a mettersi insieme.

«Perché adesso?» domandai.

Già, quello era il grosso punto interrogativo.

Lei posò il panino e bevve un sorso di limonata. «Los Angeles è cara. Non ci sono molti lavori per una violinista classica.» Tirò via un pezzetto di lattuga dal suo panino e sospirò. Era un problema per lei. Un tasto dolente. Non mi piaceva l'idea che avesse delle difficoltà, o che i suoi genitori fossero degli stronzi. «Non avevo intenzione di tornare a vivere con i miei genitori, lasciando loro pensare che li avrei di nuovo aiutati a mantenersi. Questo era davvero l'unico posto in cui riuscissi a pensare di andare dove mi sarei potuta permettere l'affitto.»

«Perché non hai semplicemente venduto questo posto?» le chiesi, sollevando lo sguardo al soffitto.

«Lo Zio Adam me l'aveva lasciato. Non l'ho più visto né sono tornata qui dopo quell'estate quando avevo dieci anni, ma... be', avevamo un legame. Era stato lui a farmi conoscere il violino, a farmelo amare. Come ti ricordavi tu, suonavamo il fiddle insieme.» Fece nuovamente spallucce. «Non lo so. Questo posto sapeva più di casa di qualunque altro, per me. Devo solamente capire come farlo funzionare.»

«Hai accennato ad un B&B,» dissi io, sollevando prudentemente la questione.

Annuendo, lei riprese il proprio panino. «Come ho detto a te e Nash, una delle mie amiche a L.A. mi ha dato l'idea. È un modo per far crescere questo posto. Devo pur guadagnarmi da vivere in qualche modo. Lavorare al Cody mi paga le bollette, ma non paga te.»

Spalancai gli occhi quando capii dove volesse arrivare. Pensava che avrebbe dovuto pagarmi per i lavori che avremmo svolto sulla casa. Col cazzo proprio.

«Cara, non preoccuparti affatto di pagare me. Ne riparleremo un'altra volta. Posso lavorare su questo posto e metterlo in tiro per degli ospiti, ma li vuoi veramente? Cioè,» mi schiarii la gola. «Se hai scelto Cooper Valley invece di Los Angeles, non possono mancarti la vita da grande città e un sacco di persone.»

Lei sorrise. «Sì, a chi piacciono le persone?»

Io sogghignai. «A me piaci tu.» Non avevo intenzione di nascondere i miei sentimenti. Sapeva cosa provavo per lei grazie ad ogni leccata che avevo dato alla sua figa, ma avevo anche intenzione di dirglielo.

Lei smise di sorridere e le sue guance si fecero rosse come i suoi capelli.

«Ti ho fatta arrossire.»

«E tu?» mi chiese lei, cambiano palesemente argomento.

«Io?» le chiesi, appoggiandomi allo schienale della sedia e passandomi le mani dietro la testa, coi gomiti in fuori. Volevo che sapesse che fossi disposto a rispondere ad ogni sua domanda. Non ci sarebbero stati segreti tra di noi.

«Sì, tu. Cos'hai fatto in questi quindici anni?»

Lasciai cadere le braccia, sporgendomi in avanti. La penetrai col mio sguardo, così che non avesse dubbi sul fatto che fosse al centro della mia attenzione. Il mio mondo. «Non pensare che non abbia notato che hai cambiato argomento.» Le feci l'occhiolino. «Sono andato al college nel Missoula con Nash. Ho studiato economia. Dopo sono tornato qui. Abbiamo avviato l'impresa edile assieme.»

«Sei stato di grande aiuto allo Zio Adam.»

Il mio sguardo si addolcì nel ricordare quell'uomo. «Era un brav'uomo, Rossa. Hai delle belle persone in famiglia.»

Lei distolse lo sguardo, poi morse di nuovo il panino.

«Che c'è? Che ho detto?»

Lei si prese del tempo per masticare e deglutire. «I miei genitori non sono come lo Zio Adam. Sono gente triste, di mentalità ristretta. Sarei dovuta restare nel Nebraska e trovarmi un lavoro al Walmart e occuparmi di loro quando fossero diventati anziani. Non ho nemmeno detto loro che posseggo questo posto perché probabilmente mi tormenterebbero affinché lo vendessi e dessi a loro parte dei soldi. Non sanno che mi trovo nel Montana, che lavoro in un bar per sistemare la vecchia casa del ranch dello Zio Adam.»

Già, non era la situazione ideale. Avevo bisogno di trovare un altro modo per farle guadagnare dei soldi e per permetterle di sistemare quel posto. Di sicuro non avrebbe fatto la barista al Cody, cazzo, quello era certo. Non mi piaceva l'idea che si trovasse là con ogni uomo, bravo e non, della vallata a provarci con lei come se fosse stata carne fresca.

Tutti quanti avrebbero provato in prima persona il mio pugno. Volevo anche rintracciare i suoi genitori e farci una chiacchierata. Subito dopo aver picchiato qualunque uomo che se la fosse scopata prima di me. Merda, la lista si stava allungando. «Che brutto. Non il fatto che tu sia qui. I tuoi genitori. Io voglio bene ai miei. Gli piaceresti.»

Merda, era vero. Sarebbero stati entusiasti. Entrambi i loro figli accoppiati.

«Io?»

«Sì, tu.»

«Rand, io--»

Io sollevai una mano, interrompendola. «Mangia il tuo panino, Rossa. Sei al sicuro, per ora.»

Sembrava innervosita dalle mie parole. «Il modo in cui parli, pensi che stiamo--»

«Cosa?»

Attesi in silenzio che sputasse il rospo, ma quando non lo fece, le chiesi, «Insieme?»

Lei abbassò lo sguardo sul suo panino. «Rand, non mi interessano quelli come te.»

Io inarcai un sopracciglio scuro. Che diavolo voleva dire? Mi si strinse il cuore. Non ne aveva idea. No? «Come me?»

Lei si illuminò e mi rivolse un sorriso flirtante. «Sì, prepotenti e troppo pieni di sé.»

Sogghignai maliziosamente, sporgendomi in avanti. «Come sta il tuo culo? Ti fa male su quella sedia dura? Se non ricordo male, sei stata tu a chiedermi di più.»

A quel punto distolse lo sguardo, dolcemente imbarazzata. «È solo che... non sono interessata ad altro che al sesso.»

«Non abbiamo fatto sesso, cara.»

Lei roteò gli occhi.

«Sai cosa intendo.»

«Oh, lo so. Devo solamente chiedermi quanti orgasmi ti ci vorranno per cambiare idea.»

7

NATALIE

«UN WHISKEY SOUR,» ordinò la cowgirl bionda. Mi rivolse un'occhiata sospettosa, come se avesse avuto paura che potessi invadere il suo territorio, perfino da dietro il bancone. Indossava una canottierina con la parola *Flirt* a lustrini sulle tette. I suoi capelli biondi erano acconciati e le si arricciavano elegantemente lungo la schiena e i suoi stivali da cowboy rosa le stavano effettivamente bene. Con me, non c'era assolutamente concorrenza, quello era certo.

La mia mente corse subito a Rand e al fatto che lei sarebbe stata perfetta per lui. Alla moda, sorridente e sexy. Poi la mia stronza interiore uscì fuori e mi chiesi se lui se la fosse già fatta. Non avevo intenzione di chiamare una donna interessata al sesso una zoccola perché era semplicemente sbagliato, ma lei stava emanando segnali da donna disponibile e di sicuro non aveva bisogno di un lazo per accalappiarsi un uomo, diamine.

Eppure Rand era stato interessato a me. Il fatto che non fosse venuto era stato un segnale palese. Quale uomo la leccava ad una donna senza volere lo stesso da lei? Ce l'aveva avuto duro. Non avevo potuto non notare lo spesso rigonfiamento del suo cazzo dietro i suoi jeans. Mi si contrasse la figa al pensiero di ciò che avevamo fatto. Come mi fossi liberata di qualunque inibizione e avessi imparato un paio di cose su me stessa.

Mi piaceva farmi sculacciare.

Mi piaceva Rand. Quello era un problema perché lo desideravo. Anche la mia figa. Aveva ragione. Avevo delle necessità e volevo che lui le soddisfacesse tutte.

Merda, avevo i capezzoli duri.

Sarei diventata un disastro con le guance rosse e le mutandine rovinate se non mi fossi concentrata, per cui mi limitai ad annuire a quella donna. Le versai rapidamente il drink e lo spinsi sul bancone, presi i suoi soldi e li infilai nella cassa. Ero concentrata sul mio lavoro, diligente. Non stavo cercando di farmi degli amici o di trovarmi un marito. Era importante che Cody vedesse che ero lì letteralmente per lavorare. Preparavo i drink in fretta, nonostante il bar non fosse ancora affollato. Da quanto avevo capito si riempiva nei weekend, con musica dal vivo, corse sul toro meccanico e balli di gruppo, ma ero impressionata dalla folla di clienti abituali che si trovava lì il mercoledì.

Mi sarei decisamente dovuta comprare un cappello da cowboy, così da adeguarmi. Ero praticamente l'unica persona lì dentro a non averlo. Avrei lasciato perdere i lustrini. Non mi si addicevano a prescindere da dove vivessi.

Un alto cowboy snello sulla quarantina si sedette di fronte a me. «Così sei tu la ragazza nuova.»

Stavo riempiendo una pinta in vetro di birra dal

rubinetto. «La mia reputazione mi precede?» gli chiesi, lanciandogli un'occhiata.

«Eccome.» Mi sorrise. «Non ci vuole molto perché si sparga la voce che c'è una nuova arrivata in città. Specialmente quando si tratta di una bella donna dai capelli rossi che di cognome fa Sheffield.»

Io ignorai la parte sulla bella donna dai capelli rossi. «Conoscevi mio zio?»

Lui si tirò indietro il cappello. «Certo. Tutti lo conoscevano. Adam comprava il mangime per i suoi animali al mio negozio. Ci è dispiaciuto molto sapere che è mancato.»

«Già, anche a me. Vorrei essere venuta a trovarlo qui prima, prima che morisse,» ammisi.

Quel senso di colpa mi consumava dal giorno in cui avevo scoperto che il mio prozio mi aveva lasciato tutto. Non ero certa di meritarmelo considerando che non ero tornata lì per quindici anni ed ero riuscita a scrivergli solamente un paio di lettere all'anno.

Mi aveva incoraggiata nei miei studi di musica. Mi aveva perfino mandato degli assegni per coprire le mie spese per i libri di testo quando ero andata a scuola, il che era stato più di quanto non avessero mai fatto i miei genitori. Sembrava che le uniche lettere che gli avessi scritto io in risposta fossero stati dei bigliettini di ringraziamento per la sua generosità. Ed ecco che ora vivevo perennemente della sua rendita.

Il bar cominciò a riempirsi ed io presi molti altri ordini mentre il cowboy alto manteneva la sua posizione parcheggiato davanti alla mia postazione.

«Se hai bisogno di aiuto al ranch, sarei felice di passare a darti una mano.»

Io smisi di riempire una fila di shot di tequila per

guardarlo. Rand aveva detto qualcosa di simile e avevo ottenuto un fusibile nuovo e una leccata di figa.

Era una specie di battuta da rimorchio? Perché per quanto fosse attraente, non avevo alcun interesse nell'aprire le gambe per lui. «Che genere di aiuto?» Riposizionai la bottiglia sul suo supporto di fronte a me.

«Sai, nel caso in cui dovessi riparare qualche perdita o robe del genere. Ci so fare abbastanza con la chiave inglese.»

«Mi occuperò io delle sue tubature,» tuonò la voce profonda di Rand dall'altra parte del bar. Incombette alle spalle del cowboy alto, facendolo in qualche modo sembrare vecchio e fragile, cosa che era ridicola. Lo sguardo di Rand gli penetrava la nuca.

L'uomo si alzò dallo sgabello e si girò di scatto, ma sembrò cambiare idea sullo scatenare una rissa quando si ritrovò petto a petto con Rand.

«Oh. Be', immagino tu intenda in senso letterale, dunque,» disse il cowboy, a quanto pareva riconoscendolo.

Rand gli rivolse un cenno serio del capo. «Eccome. Levati di mezzo, Robertson.»

«Altrimenti?»

Oh merda. Da lì a poco si sarebbero tirati il cazzo fuori dai pantaloni e si sarebbero messi a misurarselo. Era un bene che io mi trovassi dall'altra parte del bancone, altrimenti mi avrebbero pisciato addosso per rivendicarmi.

«È impegnata,» praticamente ringhiò Rand.

«Rand,» dissi io, ma entrambi mi ignorarono.

«Ah davvero?»

«Davvero. Vattene finché ancora riesci a camminare.»

Non ero sicura se furono le parole stesse, l'espressione sul volto di Rand o il tono che sembrò più un ringhio da lupo che non una voce umana, ma il tipo fece un passo indietro.

Il cowboy si tirò fuori un bigliettino dalla tasca e me lo passò facendolo scivolare sul bancone. «Se davvero dovessi avere bisogno di qualunque altra cosa, non esitare a chiamarmi.»

Io non toccai il bigliettino. Non respirai nemmeno.

Non ero sicura se mi sarei dovuta sentire eccitata o arrabbiata per via del comportamento di Rand. Stava reagendo in maniera decisamente esagerata, come se mi avesse rivendicata.

Potevamo anche essere andati a letto, ma non eravamo una coppia. Avevo reso piuttosto chiaro che cosa volessi da lui. Sì, probabilmente me la sarei fatta con lui un altro paio di volte, ma non gli avrei permesso di rivendicarmi pubblicamente e decisamente non avevo intenzione di rimetterci il cuore.

Il tipo si allontanò e Rand mi si parò dritto davanti. Afferrò il bigliettino e lo fece a pezzettini. «Cara.»

«Sono impegnata?» gli chiesi io, appoggiando gli avambracci sul bancone. Dovetti sollevare lo sguardo su di lui, ma le nostre teste erano più vicine. Non mi serviva che tutto il bar venisse a conoscenza degli affari miei sebbene le persone più vicine non si fossero perse lo spettacolo.

«Sì.»

Sì? Tutto lì? «Non puoi decidere con chi parlo io. Non sono certa di cosa ti abbia dato quell'idea.»

Rand aprì la bocca, poi la chiuse di nuovo, i suoi occhi sgranati e all'erta. Quasi allarmati.

Probabilmente avrei dovuto ritenermi soddisfatta di quanto l'avessero sconvolto le mie parole, ma invece mi ritrovai con un nodo allo stomaco. Come se avessi ferito i suoi sentimenti e non fossi stata contenta di quel senso di colpa.

Ma non aveva senso. Degli arroganti cowboy elettricisti

non si ritrovavano coi sentimenti feriti quando una donna che si erano appena portati a letto li spediva verso la conquista successiva.

No? Cioè... lui? Avevo ferito i suoi sentimenti?

«Rand, ti ho detto--»

Toccò a lui sporgersi in avanti. «Chi è che ti ha leccato la figa, Rossa? Chi ti ha fatta urlare?»

Io azzardai un'occhiata in giro. «Sto lavorando!» sibilai.

«Già, anch'io. Sto facendo il mio lavoro nel proteggere ciò che mi appartiene.»

Io mi sciolsi dentro, ma roteai gli occhi. «Io non ti appartengo.»

«Hai ancora l'impronta della mia mano sul tuo culo?»

Arrossii.

«Come pensavo. Robertson non ti toccherà con un dito. Né qualunque altro uomo in questo bar. Diamine, in tutto il Montana.»

«Sei tanto possessivo?»

Ovviamente, in quel momento, un grosso manipolo di uomini si riunì attorno al bar, tutti a farmi le loro ordinazioni, ed io fui impegnata per i tre quarti d'ora successivi. Riuscii a dare una soda a Rand, ma non avemmo l'occasione di parlare oltre. Non avevo più la sua impronta sul culo, ma mi ricordavo come me l'avesse fatto formicolare.

Ugh, ma che poi, avevamo davvero bisogno di parlare? Il punto del sesso occasionale non era proprio il fatto che non ci fosse bisogno di esaminarlo o contemplarlo dopo?

La cowgirl bionda di prima tornò e si spalmò addosso a Rand. «Ehi,» fece le fusa. «Mi sei mancato lunedì sera.»

Io spostai di scatto lo sguardo sul volto di Rand.

Proprio come avevo pensato, stavano bene insieme. Cazzo, ero gelosa. E ciò rendeva me quella possessiva. Come potevo biasimare Rand per le sue azioni col cowboy quando io provavo la stessa cosa?

Il suo sguardo corse al mio. La sua espressione si fece di nuovo allarmata. «Karen,» disse, come se quelle due sillabe l'avessero disgustato. «Hai conosciuto Natalie Sheffield?»

Mi piacque il modo in cui lo disse. Come se avesse affermato di trovarsi lì con me. Cosa che, ovviamente, non era vera, dal momento che io stavo lavorando e lui era seduto al bar di fronte a me, a cercare di tirarmi via i bigliettini da visita degli uomini che ci provavano con me.

Le porsi la mano. «Piacere di conoscerti.»

Lei la strinse in quella maniera da pesce morto che hanno le donne a volte, limitandosi a darmi la sua senza stringere nemmeno le dita. Come se non avesse avuto idea di come si faceva. Il che era strano dal momento che aveva quell'aspetto da donna grezza che ama stare all'aria aperta.

E poi mi sovvenne.

Lunedì sera. La luna piena.

Era una di loro. Un'altra lupa.

«Va' a trovarti un altro uomo, bambola,» disse Rand a Karen. Il suo sguardo era fisso nel mio, come se guardare lei non fosse valso nemmeno lo sforzo.

Lei rimase lì in piedi accanto a lui, le sue tette premute contro il suo bicipite. «Rand?»

«Qualcun. Altro.» La sua voce fu un ringhio. Lei inarcò le sopracciglia, ma non disse altro, si limitò a girare i tacchi e andarsene.

Non ebbi idea quanto a lungo restammo a fissarci. Né se qualcuno avesse cercato di attirare la mia attenzione per un drink.

Lui si rimise a sedere sullo sgabello. «Rossa, pensi che sia io quello possessivo? Quell'espressione che avevi in volto avrebbe potuto uccidere.»

Io sbattei le palpebre, poi sospirai. Avrei voluto picchiare Karen per averlo guardato. Gli era piaciuto sentirla premuta contro di sé? Io non avevo mai avuto una scollatura così abbondante nemmeno con un reggiseno push-up.

«Allora, Rossa, sono possessivo? Non ne hai la minima idea.»

Oh, me ne stavo facendo una bella idea. Dovevo solamente decidere se mi piacesse o meno. E se mi fosse piaciuto, cosa avrei fatto al riguardo?

8

NATALIE LAVORAVA SODO. Come facesse a starsene in piedi per delle ore con un fottuto sorriso in volto quando c'erano degli ubriachi che praticamente le sbavavano addosso, altri che litigavano su cose stupide come la troppa schiuma nella loro birra o gente come Pete Robertson che voleva infilarsi tra le sue gambe, proprio non lo capivo. Non avevo idea di quante mance guadagnasse, ma non bastavano a sopportare tutti quegli stronzi. O Cody la pagava di più, o lei doveva trovarsi un altro lavoro. Avrei perso la testa se avesse continuato a lavorare lì. Senza di me come suo buttafuori personale.

Mi ero piazzato sullo sgabello per sbarazzarmi di Robertson e non mi ero alzato per tutta la sera. Non una sola volta. Mi ero assicurato che nessuno la toccasse, le parlasse sporco o dicesse una brutta parola. Lei poteva anche essere focosa quanto i suoi capelli, ma era innocente.

Dolce. Spensierata. Non avevo intenzione di vedere una sola ruga sul suo volto.

Natalie era venuta da me a riempirmi il bicchiere di soda, ma si era limitata a roteare gli occhi per il mio comportamento da macho rivendicatore. Io avevo sogghignato e le avevo fatto l'occhiolino, cosa che le fece roteare ancora di più gli occhi. Cazzo, era una testa calda ed io adoravo il fatto che la sua insolenza fosse rivolta a *me*.

«È così tutte le sere?» le chiesi accompagnandola alla macchina. Le tenevo una mano al fondo della schiena, il mio lupo felice di toccarla di nuovo. Avevamo avuto il bancone del bar in mezzo a noi per tutta la sera. Una vera tortura per me sebbene avesse tranquillizzato il mio lupo il fatto che facesse da barriera anche tra lei e chiunque altro.

«Così come?»

«Uomini che ti stanno sempre addosso?»

Lei rise, risistemandosi la borsa sulla spalla. «Sempre addosso? L'unico uomo interessato a me è stato quello del quale hai fatto a pezzi il biglietto da visita. Voleva lavorare.»

Conoscevo Robertson. Era un tipo a posto. Gestiva il negozio di mangimi in città. Possedeva una casa tutta sua. Non si era mai sposato. «Voleva scoparti.»

Lei trasalì, girandosi di scatto a guardarmi. Erano rimaste solamente poche auto nel parcheggio e, sebbene fosse ben illuminato, c'erano delle zone d'ombra che mi rendevano felice del fatto che lei non fosse da sola. Io avevo vista e udito da lupi e mi sarei reso conto di qualunque pericolo molto prima che ci si fosse potuto avvicinare. Lei di certo no, cazzo.

«Non posso credere che tu l'abbia appena detto!»

«Perché?» le chiesi io, conducendola verso la sua auto.

«Non voleva...non--»

«Rossa, sono un uomo. Vogliamo tutti scopare. Ma tu sei impegnata. La tua figa appartiene a me.»

Già, ero uno stronzo possessivo. Ma dopo tutti gli uomini che avevano adocchiato la mia compagna per tutta la sera, il mio lupo voleva rivendicarla. Completamente. Morderle il collo. Metterle il mio odore addosso. Dentro. Ma nemmeno quello mi avrebbe soddisfatto perché la maggior parte di quegli stronzi erano umani. Non avrebbero nemmeno riconosciuto il mio marchio.

Sarei dovuto restare con lei per tutto il tempo. Riuscivo a sentire Nash che rideva di me, di quanto fossi diventato follemente possessivo. In termini umani, ero del tutto cotto.

Ci fermammo di fronte alla sua auto che si trovava nell'angolo in fondo. Il mio pickup era a pochi parcheggi vuoti di distanza.

«Io *non* appartengo a te,» protestò.

Posando una mano sul cofano della sua macchina, io invasi il suo spazio e inalai il suo odore. Ecco il dolce profumo che avevo anelato, che mi aveva tormentato per tutta la sera, seppur smorzato dal lezzo di birra stantia nel bar.

«Non ancora. La tua figa sì.»

Lei scosse la testa e roteò gli occhi. Di nuovo. «Sei pazzo.»

«Di te.» Non potevo resistere un secondo di più. Chinai la testa. La baciai.

Lei sussultò e si sciolse contro la sua auto. La mia lingua trovò la sua e ci baciammo come dei liceali, come se tutto ciò che avessi mai potuto ottenere fosse stato quel bacio. Morivo dalla voglia di lei, del dolce sapore della sua bocca... e della sua figa.

Mi ritrassi e lei sollevò lo sguardo su di me tra le ciglia. Già, le piacevo. I miei baci, come la facevo sentire. Come la facevo dimenticare. Non voleva ammetterlo. Quale donna indipendente voleva ammettere che le piacesse cedere il controllo? In quanto mutante, io ne avevo bisogno, specialmente quando lei me lo cedeva tanto adorabilmente.

«Dovrei tornare a casa, Rand.»

Io non feci una piega. «Vengo con te. O ti porto a casa mia.»

«Scusami?»

«Ti ho già detto che non voglio che resti lì da sola fino a quando non avremo sistemato l'impianto elettrico. Non abbiamo poi installato quei rilevatori di fumo.» Era la verità. Non sarei riuscito a dormire sapendo che la sua casa avrebbe potuto prendere fuoco. Ovviamente, l'impianto elettrico non era cambiato per decenni, per cui non pensavo che avrebbe fatto molta differenza ora, ma non avevo intenzione di correre rischi. E poi, la volevo nel mio letto. Accanto a me. «E,» mi avvicinai. «Dopo aver guardato tutti quegli altri uomini sbavarti addosso questa sera, sto praticamente morendo dalla voglia di mar—cioè, di rivendicarti.»

Lei roteò gli occhi. Di nuovo.

«Continua a roteare gli occhi, cara, ed io finirò col sculacciarti.» Mi avvicinai e giocai con uno dei suoi riccioli. «Però non sarebbe davvero una punizione, vero?»

«Rand,» esalò lei.

Io inspirai, percependo il suo odore... e la sua eccitazione.

«Rivendicarmi?» mi chiese, ignorando la mia minaccia, che sapevamo entrambi non essere una minaccia affatto. «Non hai alcun diritto da rivendicare, bel fusto.»

Io cacciai via il senso di panico che mi provocarono quelle parole, stuzzicando la voglia travolgente di gettarmela in spalla e riportarla a casa mia il più in fretta possibile. Per il Destino, riuscivo a malapena a ragionare per via della gelosia e della possessività in quel momento.

«Be', sto cercando di crearmene uno, cara. Mi hai fatto impazzire per tutta la sera.»

«Stavo servendo dei drink. Tu sei pazzo.»

«Pazzo di te, pazzo perché non ti potevo toccare.» Appoggiai la fronte alla sua. Il mio cazzo si sarebbe ritrovato il segno della zip e non avevo mai avuto un male alle palle del genere. «Ho bisogno di toccarti. Dimmi che posso toccarti.»

Lei aprì la bocca e si guardò attorno. «Cosa? Qui?»

Non c'era nessuno. Io sapevo. L'avevo sentito. Percepito. Non dovevo distogliere lo sguardo. «Qui. Adesso.»

Lei sussultò. «Sei serio.»

«Ho dovuto guardare Robertson che ci provava con te. Non sono sicuro che comprerò mai più altro al suo negozio di mangimi.»

«Gli rovineresti gli affari perché voleva--»

«--la *mia* figa,» dissi io, cercando di nascondere il mio ringhio. Mi stava davvero facendo impazzire. «Se si terrà mani e pensieri per sé, magari cambierò idea.»

Lei a quel punto cominciò a ridere. Stava *ridendo* di me. Della mia possessività. Del mio bisogno di lei.

«Pensi che sia divertente, Rossa? Questo legame che abbiamo? Ho passato delle ore a guardarti stasera senza essere in grado di toccarti. D'accordo. Lascia solo che ti guardi. Non ti toccherò. Solleva quella gonna e fammi vedere quella figa.»

«Sei serio.»

«Mortalmente serio.» Mi avvicinai ulteriormente, la punta delle mie dita che le sfiorava la vita. Non potevo sollevarle la gonna io stesso, ma volevo che fosse lei a farlo per me. Che si offrisse come aveva fatto quel pomeriggio.

Che dimostrasse di essere mia.

La guardai deglutire, le sue pupille che si dilatavano. Solamente un mutante sarebbe stato in grado di notarlo con quella luce.

Lei si guardò attorno ancora una volta, roteando gli occhi e arrossendo, poi si sollevò la gonna di jeans. Sempre più su fino a tirarla sui fianchi. La sua figa era coperta da un paio di mutandine chiare con dei nastrini ai lati. Traendo un respiro profondo, riuscii a sentire l'odore di quella pesca gustosa tra le sue cosce. Era bagnata. Era gonfia, matura e pronta per me.

«Cazzo, hai la minima idea di quanto sei bella?»

«Rand,» sussurrò lei.

«Mi sbagliavo, non posso non toccare. Lasciami sentire quanto sei bagnata. Lascia che ti faccia stare bene.»

Stava ansimando, ormai, e riuscivo a sentire il calore irradiarsi dalla sua pelle. Mi sarei fermato se davvero l'avesse voluto. Le avrei fatto pressione, ma solamente un po'. L'ultima cosa che volevo fare era spaventarla, specialmente con la mia voglia.

«Sì.»

Quell'unica parola fu tutto ciò di cui avevo bisogno. Delicatamente, o il più delicatamente che mi fosse possibile, infilai le dita nell'elastico che aveva sul fianco e lo strappai, facendo attenzione a non lederle la pelle.

Lei trasalì. Le feci scivolare via le mutandine distrutte da in mezzo alle gambe e mi infilai il cotone bagnato nella tasca dei jeans.

«Rand,» esalò lei. «Cosa mi stai facendo? Ci troviamo in un parcheggio.»

«Nessuno ti vedrà così a parte me. Ti fidi di me al riguardo?»

Lei mi fissò con occhi carichi di desiderio. Annuì.

Cazzo, sì. Le strinsi la mano sulla figa nello stesso istante in cui rivendicai la sua bocca in un bacio passionale. Lei rispose, come se avesse avuto tanta voglia di assaggiare me quanto io ne avevo di lei. Le leccai la bocca, sfregando le labbra sulle sue, divorandola.

«Stai gocciolando per me.» Cazzo, era calda. La accarezzai, spalmando ovunque la sua umidità, assicurandomi di ricoprirne il suo piccolo clitoride duro prima di affondale due dita dentro mentre trascinavo la bocca lungo il suo collo snello.

«Questo è solo un assaggio, Rossa. Un riscaldamento. Non vedo l'ora di averti nel mio letto, cazzo.»

«Il tuo letto?» ansimò lei. Si alzò sulla punta dei piedi mentre io arricciavo le dita dentro di lei. Quando trovai il suo punto G, lo sfregai. La sua mano corse al mio polso mentre mi cavalcava le dita. «Ti piace, cara?»

«Sì,» gemette lei contro la mia bocca.

«È così. Quella figa sa di cosa ha bisogno, sa che le concederò il piacere per il quale mi sta supplicando. Così avida. Brava ragazza. Vienimi su tutta la mano.»

Lei lo fece. Così in fretta, in modo così bello. Urlò il mio nome e lasciò che venisse portato via dal vento. Se ci fosse stato chiunque nei paraggi, avrebbe saputo che ero stato io a farla venire. Ero io quello a cui stava permettendo di scoparsela con le dita nel parcheggio.

Il mio cazzo perdeva liquido preseminale come un rubinetto. Volevo entrarle dentro così tanto, sentire la forte stretta dei suoi muscoli stritolarmelo. Spremermi fuori il seme.

«Ecco, Rossa. Mi permetterai di prendermi cura di tutte le tue necessità?» Tirando fuori le dita, le ripulii leccandomele mentre lei si appoggiava alla sua auto per riprendere fiato. Non pensò nemmeno al fatto di avere ancora la gonna sollevata in vita. Io le diedi una pacca sulla figa, leggera, poi gliela risistemai.

«Seguimi fino a casa mia. Ti darò tutto ciò di cui hai bisogno.»

Lei aveva gli occhi chiusi e stava ansimando. La adoravo così. Arrendevole, soddisfatta. Mia.

«Questo è stato solamente un riscaldamento, Rossa. Entrerai nel mio letto e non ci dormirai tanto presto.»

Quella era una promessa.

9

NATALIE

L'UNICO MOTIVO per cui andai a casa con Rand fu perché avevamo dei conti in sospeso. Lui si stava dimostrando piuttosto prepotente e a me non dispiaceva perché, be', era dannatamente eccitante. E ridicolmente abile con le dita. E la bocca. Dovevo ammetterlo, mi piaceva quell'attenzione esagerata.

Non ero abbastanza sciocca da pensare che quella storia potesse finire da nessuna parte. Sapevo che non poteva. Io ero umana e lui era un mutante. Lo stesso dello Zio Adam con la ragazza che aveva amato al liceo. Era un amore impossibile.

Non che fossimo innamorati. L'avevo rivisto solamente il giorno prima. Non credevo nell'amore a prima vista. Diamine, non credevo nemmeno veramente nell'amore. Per i miei genitori non aveva funzionato. Non si piacevano nemmeno, coesistevano a malapena in quella che gli esperti avrebbero definito codipendenza da repulsione reciproca. Non avevo idea del perché fossero rimasti insieme. Immaginai che si fossero scelti perché avevano provato una forte attrazione fisica. *Davvero* non volevo sapere nulla al riguardo, ma da che riuscivo a ricordare, *non* erano stati innamorati e nemmeno si erano desiderati. Praticamente si odiavano.

In qualche modo, però, l'avevano fatta funzionare. In una maniera ridicolmente disfunzionale.

Ciò significava che anch'io ero insensibile e disfunzionale quando si trattava di amore. Significava anche che decisamente non mi stavo innamorando di Rand. Come avrei potuto quando era il suo lupo ad essere tanto voglioso e possessivo?

La parte vogliosa mi piaceva. Mi aveva già dato tre orgasmi e non mi era nemmeno entrato dentro. Effettivamente non vedevo l'ora di scoprire come sarebbe andata ulteriormente perché se era tanto abile con dita e bocca, allora...

Già. Come potevo negarmi altro?

Lo seguii a casa sua—un adorabile cottage appena sopra la montagna in linea d'aria rispetto a casa mia. Come aveva detto, si trovava sui terreni del Wolf Ranch. Eravamo davvero vicini di casa.

Saltai giù dalla macchina e mi guardai attorno.

«Questo posto è adorabile. È tuo--» Strillai quando Rand mi corse incontro e mi prese in braccio stile luna di miele.

La luna calante era ancora quasi piena ed io riuscivo a vedere quelle rughe agli angoli dei suoi occhi mentre mi sorrideva. Il cuore mi batteva velocissimo.

«Tu sei pazzo,» gli dissi ridendo.

Era impulsivo. Divertente. Esilarante.

«Così hai detto.» Sogghignava come se ne fosse andato fiero, facendomi volteggiare alla luce della luna.

Avrei voluto ammettere in quel momento di sapere che cosa fosse. Che fosse il suo lupo a farlo comportare così. Quale umano normale *annusava* una donna a cui era tanto interessato?

Capivo perché fosse così facile per lui prendermi in braccio e trasportarmi come se non fossi pesata nulla. Era un mutante. Io lo sapevo. Lui lo sapeva. Avrei voluto fargli un milione di domande sull'essere un lupo, ma era un segreto di cui io non avrei dovuto essere a conoscenza.

Lo Zio Adam mi aveva fatto giurare di mantenerlo. Aveva perfino lasciato intendere che se il branco avesse saputo che noi sapevamo, saremmo stati in pericolo. Non pensavo che Rand mi avrebbe fatto del male, ma io ero un'estranea, nonostante vivessi proprio accanto al branco e avessi mantenuto il loro segreto per più di metà della mia vita.

«Questo era il cottage dei miei nonni,» disse lui mentre mi portava su per i gradini fino alla piccola veranda e poi all'interno. C'era una sedia a dondolo e mi ci immaginai Rand seduto al tramonto. «È piccolo, ma è tutto mio. L'ho ereditato, come hai fatto tu con casa tua.»

Era piccolo di metratura, ma non di statura. La struttura esterna era fatta di tronchi robusti, i soffitti a travi erano più alti di quanto avrei pensato fosse normale per l'epoca in cui era stato costruito. C'era un ampio sottotetto adibito a zona notte, una camera da letto e una cucina piccola, ma adeguata.

Era accogliente e affascinante. Proprio il posto in cui mi sarei voluta trovare bloccata dalla neve d'inverno. Con Rand, ovviamente.

Però non potevo pensarla così. Questa cosa con Rand era una storiella di una volta. Mi sarei sfogata, dopodiché gli avrei augurato di trovare la sua partner lupa o comunque la chiamassero.

Lui mi portò in camera da letto e mi lasciò cadere sul letto, togliendosi immediatamente la maglia e lanciandola via.

Okay, forse una storia da due o tre volte. A giudicare dalla sua forza, probabilmente avrebbe avuto la resistenza necessaria a farlo per tutta la notte.

Quel tipo era più figo i tutti i ragazzi di *Magic Mike* messi insieme con spalle, pettorali e addome scolpiti e quel sorriso generoso. Perfino dopo che me l'aveva divorata nel mio letto per poi scoparmi con le dita nel parcheggio, non l'avevo visto nudo.

Io mi sbottonai la gonna di jeans, che mi sembrava decisamente troppo abrasiva sul sedere nudo senza le mutandine, e me la tolsi.

Gli occhi di Rand brillarono di un azzurro ghiaccio più chiaro—quasi argenteo. Il suo lupo stava affiorando.

Dio, mi eccitava. Sapere che era un qualcosa di tanto magico e diverso lo rendeva cento volte più eccitante di un uomo qualunque. Forse mille.

Lui ringhiò, mi salì addosso e fece inclinare il letto.

«Uh uh.» Sollevai una mano. «Voglio vedere tutto.» Tracciai una linea con il dito lungo la parte centrale del suo corpo. I morbidi peli del suo petto si stringevano a V fino al suo ombelico, poi in una linea sottile che svaniva sotto i suoi jeans.

Lui sogghignò. «Non preoccuparti, Rossa. Ti darò tutto stanotte. Te l'ho detto prima, quello era solamente un riscaldamento.»

La mia figa si contrasse a quell'avvertimento.

Mi sfilai la camicetta—quella che metteva bene in risalto le mie tette ed era ottima per le mance—e la gettai a terra.

Rand non si era mosso. Sembrava raggelato, mi guardava con quella luce animalesca negli occhi. Un basso ringhio gli riverberò in gola. Decisamente non un verso umano.

I peli sulle mie braccia si rizzarono, ma la mia figa si contrasse, forte.

Tutto ciò che avevo indosso era il mio reggiseno. Lui era indietro.

«Via,» dissi in tono strozzato, indicando i suoi jeans e cercando di mantenere una voce normale, nonostante il cuore mi stesse battendo all'impazzata. Avrei dovuto essere rimasta soddisfatta da quell'incredibile orgasmo al Cody. Aveva ragione lui, mi aveva solamente scaldata spingendomi a desiderare altro.

Lui si mosse al rallentatore, senza mai distogliere lo sguardo dal mio. Si aprì il bottone dei jeans e ne tirò giù la zip. «Togliti quel reggiseno,» disse roco, con la voce più profonda del solito.

Io deglutii. Adoravo quel tono prepotente. Così sexy. Specialmente a letto.

«Prima tu,» sussurrai, adocchiando la parte bassa del suo addome che gli svaniva nei jeans.

I pantaloni e i boxer svanirono in un lampo—più in fretta di quanto avrei ritenuto possibile, dopodiché lui attaccò, atterrando su di me facendoci rimbalzare. Mi salì addosso, incombendo sul mio corpo a quattro zampe, il suo membro spesso che mi sfregava contro l'interno coscia. Chinò la testa e prese la parte frontale del mio reggiseno tra i denti. «Ho detto, *via*.»

«Non rompere anche questo,» risi io e gli presi la testa, affondando le dita tra i suoi capelli e guidando la sua bocca verso il mio capezzolo sinistro.

Lui ringhiò, inondandolo con la lingua prima di succhiarlo a fondo nella bocca attraverso il tessuto.

Io sussultai nel percepire la scossa tra le mie gambe in risposta. Prima ancora di rendermi conto di cosa stessi facendo, le avvolsi attorno alla sua vita e lo attirai tra le mie cosce.

Lui gemette e rabbrividì, i suoi denti che mi sfioravano il capezzolo prima che lui si ritraesse di scatto. «Cazzo, Natalie. Se continui così, mi dimenticherò di andarci piano con te.»

Io rabbrividii, chiedendomi se i mutanti lupi fossero più violenti degli umani. Dovevano esserlo, no? Considerando quanto sembrassero essere più forti. E possessivi.

«Mi metto un preservativo perché, se continui così, finirò a fondo dentro di te molto prima di terminare i preliminari.»

«Al diavolo i preliminari.» Mi sollevai sugli avambracci, guardandolo tuffarsi a terra per recuperare un preservativo. Dicevo sul serio. Avevamo già fatto un sacco di preliminari. Due volte a casa mia e una volta nel parcheggio. «Sono pronta per darci dentro.» Abbassai lo sguardo sul suo cazzo. Spesso, lungo, duro. Un pene non era poi così bello da vedere, ma un cazzo duro con la punta larga e una goccia di liquido preseminale sulla punta era tutta un'altra cosa. E quello di Rand? Avevo l'acquolina in bocca dalla voglia di assaggiarlo. Di sentirlo caldo e pesante sulla mia lingua.

Rand si sollevò con un ringhio. «Non preoccuparti, Rossa. Ti darò il mio cazzo. È quello ciò di cui hai bisogno, bellissima? Di farti riempire fino all'orlo?»

Il mio ventre fremette alle sue parole sporche. Annuii. Parte di me si chiedeva perché mi fidassi di quell'uomo. Perché mi trovassi lì a casa sua, nel suo letto, così presto dopo averlo conosciuto. Come avessi rinunciato ad ogni inibizione, permettendo al mio desiderio e alla mia voglia di lui di prendere il sopravvento.

Lui non era umano! Ma lo Zio Adam si era fidato di lui.

E si era fidato del loro branco. Che fosse logico o meno, io mi ero fidata di Rand nell'istante in cui l'avevo rivisto—in forma umana e di lupo. Mi ero sempre fidata, a quanto pareva.

Mi sembrava il sesso più sicuro e più eccitante che potessi mai fare.

Rand si lasciò sfuggire un'imprecazione infilandosi il preservativo. «Stavo cercando di andarci piano per te, Rossa. Ma tu ti sei dovuta far vedere così dannatamente perfetta nel mio letto.» Mi attaccò, bloccandomi i polsi ai lati della testa mentre mi mordicchiava lungo il collo, fermandosi per respirare profondamente come a gustarsi il mio odore.

«Ti piace il mio odore?» mi azzardai a chiedere.

Lui si raggelò, poi si schiarì la gola. Mi dispiacque subito di aver attirato l'attenzione su quella cosa. Era solo che morivo di curiosità. «È strano?» mi chiese lui, sollevando la testa per scrutarmi in volto.

Ne era preoccupato.

Immaginai che dovesse essere così dal momento che la loro esistenza era un enorme segreto di cui io non avrei dovuto essere a conoscenza. Avevo messo in evidenza un palese tratto da mutante. Lì, nella foga del momento.

Scossi la testa. «No. È eccitante,» gli assicurai. «Cioè, se ti piace. Sennò, se puzzo di sudore o robe simili, è imbarazzante.»

«Puzzare di sudore?» Il suo volto si aprì in un enorme sorriso. «Non direi proprio. Oh, mi piace, Rossa. Mi piace tantissimo, cazzo.»

«Di cosa so?» sussurrai, guardando il suo bellissimo viso alla luce della lampada.

Lui chinò la testa e mi fece passare la lingua sul capezzolo destro. «Di mele e sole. E di donna. La *mia* donna.» Scosse rapidamente la testa. «Scusa.» Sogghignò.

«Sono ancora infastidito da tutti quegli stronzi che ti hanno fatto il filo stasera.»

Avrei dovuto dirgli che non ero la sua donna, e sapevamo entrambi che non avrei mai potuto esserlo, ma era troppo bello crogiolarmi nel calore della sua gelosia. Del suo desiderio per me.

E poi, il suo cazzo era duro, protetto dal profilattico e si trovava tra le mie gambe. Perché avrei dovuto parlare quando avevamo altre cose da poter fare?

Avremmo potuto affrontare quel discorso il giorno dopo.

Avvolsi nuovamente le gambe attorno alla sua schiena. «Vieni qui, gran fusto. Fammi vedere che sai fare.»

Lui gemette nello stesso istante in cui si spinse in avanti, penetrandomi con la sua erezione. Sussultai a quella stupenda intrusione. A come si allargò il mio canale stretto attorno al suo spessore. Dio, ce l'aveva grosso. Mi contrassi attorno a lui, adattandomi.

Lui rimase affondato dentro di me come se fossi stata una vergine da trattare con precauzione. Sul suo volto balenò un'espressione impanicata. «Scusa. Scusami, Rossa. Cazzo, non puoi provocarmi a quel modo. È già abbastanza difficile trattenermi con te.»

«Dovresti essere fiero di quell'affare. Dio, sono così piena. Ma chi ha detto che dovevi trattenerti?» feci le fusa, nonostante stessi sfidando il destino. Probabilmente non avrei retto l'aggressività feroce e bestiale che gli ribolliva dentro. Avrei voluto che la scatenasse perché avevo la sensazione che non avrei visto il vero Rand, tutto quanto, fino a quando non l'avesse fatto.

«Aw, Rossa. Continua così e distruggerò questa tua dolce figa bagnata.»

La suddetta figa si contrasse di nuovo attorno al suo

cazzo, spronandolo a distruggerla. Lui emise un respiro strozzato e si tirò indietro, dopodiché si spinse a fondo.

Io espirai bruscamente, eccitata, mentre sollevavo i fianchi per andargli incontro. Gli feci scorrere le mani sul petto, lungo le braccia muscolose, fremendo e facendo ondeggiare i fianchi verso l'alto in piccolissimi sussulti per farlo muovere dentro di me. Lui sembrava ancora trattenersi. Cosa stesse aspettando, non ne ero certa, ma i suoi occhi di certo non erano umani. Erano al cento per cento lupo.

«Non sono così delicata,» gli dissi, posandogli una mano sulla mascella. «Non mi romperò.»

Lui rimase sospeso sopra di me, ancora immobile, col respiro pesante come se avesse appena terminato una gara.

«Ti prego,» aggiunsi.

«Cazzo, Rossa,» imprecò lui. «Non hai idea di cosa ti aspetta.»

10

La mia compagna era magnifica.

Troppo magnifica.

Sdraiata nuda sotto di me, i suoi capelli rosso scuro una tenda selvaggia attorno alla sua testa, i suoi occhi verdi scuri di desiderio, stava spingendo il mio controllo decisamente al limite, diavolo.

Ero pronto a marchiarla in quel preciso istante. Avevo i denti lunghi in bocca, che gocciolavano del siero che le avrebbe per sempre impregnato la pelle del mio odore. Ci volle tutta la mia buona volontà per non perdere il controllo. Lei non ne sapeva nulla di mutanti.

Si meritava la verità, la scelta di diventare mia. Non c'erano dubbi sul fatto che lo sarebbe stata, ma non poteva succedere in quel momento. Avevamo il resto delle nostre vite assieme e, da ciò che avevo imparato dai ragazzi che si erano trovati tutti delle compagne umane, non avrei rovinato tutto come avevano fatto loro. Inizialmente. Certo, avevano risolto poi tutto, ma io non avevo intenzione di fare casino solo perché la sua figa era fottutamente troppo perfetta.

No. Io ero più forte. Cazzo, ci avrei provato, perché se qualcuno mi avesse reso debole, quella era Natalie. Non mi stava nemmeno dando l'opportunità di ritornare in me. Continuava a dimenarsi e a ondeggiare sotto di me, cercando di prendermi più a fondo, di farmi muovere dentro di lei.

Cazzo. Stavo morendo di piacere, lì. Potevo venire, ma non potevo mordere.

Rimasi immobile mentre chiudevo gli occhi, esalando. Non appena riuscii a far ritrarre i denti, lasciai liberi i fianchi. Lei voleva che usassi la forza ed io me la sarei scopata con forza. Le avrei dato tutto ciò che avesse desiderato, specialmente se avesse incluso l'affondare dentro di lei fino alle palle. Tre spinte profonde e la sua testa quasi andò a sbattere contro la testiera. Cazzo. Mi tirai fuori e la trascinai più in basso, poi la bloccai con una mano sulla spalla. Cercai di trarre un altro respiro e di rallentare, ma lei allungò una mano verso il mio cazzo e mi guidò nuovamente dentro di sé.

Non potei farne a meno. «Rossa,» ringhiai. Mi sbattei violentemente dentro di lei.

Lei allargò le ginocchia, arrendendosi al mio assalto. Era come se i nostri corpi fossero stati *fatti* l'uno per l'altra, cazzo.

Diamine, lo *erano*, no? Lei era la mia compagna predestinata. Ovviamente, il sesso con lei sarebbe stato più che perfetto. Lei l'avrebbe voluto selvaggio, spinto e passionale quanto me.

«Natalie,» annaspai, già al limite. Diavolo, ero stato

voglioso e fottutamente agitato sin dall'istante in cui avevo colto il suo odore nella brezza lunedì sera. Ora? Ero proprio disperato. «Cazzo, Natalie.»

Ebbi la presenza di spirito di sfregarle il clitoride con un pollice e lei urlò, stritolandomi il cazzo al punto che quasi venni in quel preciso istante. Lei mi attirò a sé artigliandomi la pelle, come se fosse stata tanto avida di me quanto lo ero io di lei. Come se fosse stata lei la mutante e la sua lupa interiore fosse stata sul punto di uscire.

Impossibile, ma era decisamente selvaggia.

Avrei voluto baciarla fino allo sfinimento, ma tenni la mascella serrata e le labbra chiuse per impedire alle mie zanne di comparire indesiderate. Invece, affondai il viso nel suo collo, inalando il suo delizioso profumo mentre mi sbattevo dentro di lei. Il letto tremò, battendo contro la parete di legno.

Le urla di Natalie riempirono il piccolo cottage, la scarica di ogni singolo verso che mi scorreva in corpo come piccole scosse, parlando alle mie cellule, risvegliando parti di me che non avevo mai saputo esistessero.

Divenni una persona nuova.

Il compagno di Natalie.

Il suo piacere era l'unica cosa su cui fossi concentrato. Sarei morto se non fossi venuto assieme a lei. Se non altro le avevo già dato piacere due volte. Ora, saremmo venuti entrambi, ma sarebbe toccato a lei per prima. Quella volta e per sempre.

«Rand,» ansimò lei, la sua voce vellutata che penetrava ogni mio senso. «Rand...»

«Cosa c'è, bellissima? Devi venire?» Non sapevo nemmeno come fossi riuscito a parlare, il mio cervello era talmente annebbiato dal desiderio. L'odore della scopata mi riempiva le narici. Una scopata sudata, scivolosa.

«Oddio,» gemette lei. «Ti prego.»

«Cazzo, sì.» Il mio autocontrollo si spezzò quando lei mi implorò. Mi sbattei dentro di lei più a fondo, più forte. Non potei fare a meno di essere violento. Il tempo si fermò, o forse accelerò. Non ne ero sicuro—di certo la stanza prese a girare.

Natalie si contrasse attorno a me, venendo al momento perfetto perché le mie palle non sarebbero riuscite a reggere un attimo di più.

Grazie al cielo.

Venni con un ruggito che riecheggiò tra le pareti, spingendomi con forza dentro di lei e restando lì mentre riempivo il preservativo di un desiderio infinito.

Lei ansimava contro la mia tempia. Riuscivo a sentire il suo cuore battere all'impazzata nel punto in cui i nostri petti premevano l'uno contro l'altro, madidi di sudore.

Gradualmente, la stanza smise di girare. Io ripresi conoscenza e il mio petto si riempì di una dolce, dolcissima gratitudine.

Compagna.

Avevo una compagna.

Una bellissima, vivace compagna umana.

Una creatura stupenda, talentuosa e affascinante che se ne stava sdraiata ansimante sotto—

Oh merda!

«Ti sto schiacciando?» Mi ritrassi di colpo, tirandomi con rammarico fuori mentre mi allontanavo.

«No,» mormorò lei, attirandomi nuovamente a sé. «Mi piaceva.»

Io affondai nuovamente il naso nel suo collo. «A me piaci *tu*,» dissi. Avrei in realtà voluto dire, «Io ti amo,» perché era esattamente ciò che provavo, ma ne conoscevo abbastanza di umane da non correre troppo con quello.

«Anche tu mi piaci,» borbottò lei. Sembrava stanca, come se il sesso l'avesse sfinita.

Io non avrei voluto dividere i nostri corpi, nemmeno per un attimo, ma era compito mio prendermi cura della mia compagna. «Torno subito, Rossa.» Scesi dal letto e mi liberai del preservativo, poi portai a Natalie un bicchiere d'acqua e un asciugamano per ripulirsi.

Però fu troppo tardi. La mia dolce compagna si era già addormentata, come una bellissima dea a riposo, da venerare.

Io la infilai sotto le lenzuola e scivolai accanto a lei, avvolgendole un braccio attorno alla vita e attirando la sua piccola forma contro di me. La sua schiena premette contro il mio petto, incastrandosi alla perfezione, cazzo. Sorrisi dei miei pensieri ridicoli, poi le diedi un bacio sulla testa. «Buonanotte, compagna perfetta,» mormorai.

Quelle parole ebbero un sapore dolce sulle mie labbra mentre mi risuonavano all'orecchio.

Compagna.

Ne avevo una, adesso.

Nel mio letto, esattamente dove doveva stare.

Avevo solamente bisogno di rivendicarla e la mia vita sarebbe stata completa.

Rivendicarla e sistemarla felicemente in casa sua. Diamine—e deviare il suo piano di un bed & breakfast per tenere il branco al sicuro.

Avrebbe dovuto essere piuttosto semplice.

Speravo.

11

ATALIE

MI RIGIRAI E SORRISI, affondando nelle lenzuola morbide e nell'uomo caldo. Rand aveva un braccio gettato sulla mia vita, la sua mano a stringermi un seno.

Mi diede un bacio sulla punta dell'orecchio. «Buongiorno, cara.»

«Mmm,» dissi io, troppo contenta per aggiungere altro. La stanza era luminosa attraverso le palpebre, per cui dovetti immaginare di aver dormito fino a tardi. Dopo la lunga serata al bar, ero pronta a restare a letto ancora di più.

E se l'avessi fatto con un tipo figo...

«Stavo pensando,» disse lui.

«Da quanto sei sveglio?» gli chiesi io, la voce roca di sonno.

«Un po'. Lo sapevi che russi?»

Io gli diedi una leggera gomitata. «Non è vero.»

«D'accordo, soffi.»

Strinsi le labbra, ma non discussi.

«Possiamo tornare a casa tua a prendere le tue cose.»

Io agitai i fianchi e lo sentii duro e insistente contro il mio fondo schiena.

«Perché dovremmo farlo?»

«Sarebbe più facile e veloce rifare gli impianti se la corrente fosse staccata. E poi, ho intenzione di tenerti nel mio letto ogni sera da ora in avanti, per cui--»

Io spalancai gli occhi. Ero del tutto sveglia, ora. «D'ora in avanti?»

Lui mi strinse leggermente il seno. «Diavolo, sì.»

Aspetta... cosa? Non era nemmeno possibile per lui. Io ero umana. Lui aveva un branco che proibiva gli accoppiamenti misti.

Quello non era un discorso da *una notte*. Mi rigirai, i nostri visi a circa venti centimetri di distanza.

«Ma ciao,» mi salutò di nuovo, ravviandomi i capelli dal viso. «Vuoi venire sul mio cazzo o sulla mia bocca stamattina?»

Io sbattei le palpebre. Mi eccitai subito alla prospettiva di entrambe le due opzioni. Però stava andando decisamente troppo in fretta. «Torna indietro un attimo. Cosa intendi *d'ora in poi*?» gli chiesi.

Lui inarcò un sopracciglio scuro ed io guardai i suoi occhi scorrermi in volto e lungo il petto. Quando mi resi conto di avere i seni esposti, tirai su il lenzuolo.

«D'ora in poi nel senso di tutti i giorni. Tutte le notti.»

«Sì, quello l'ho capito. Ma questa non è una cosa da tutti i giorni.»

«Sì che lo è.»

«No che non lo è.» Mi alzai a sedere, cercando di tirarmi dietro anche il lenzuolo. «Rand, questa... cosa, so che è solo uno sfizio.»

Lui mi scrutò. «Cazzo, sei bellissima nel mio letto. E questo?» agitò un dito in cerchio. «È decisamente uno sfizio. Uno sfizio che non riesco a togliermi.» Allungando una mano sotto le coperte, mi fu palese che si stesse stringendo il cazzo, pompandolo.

Io scesi dal letto, trovai il mio reggiseno e me lo infilai mentre parlavo. «Tienitelo, allora. Non succederà.»

Lui si sollevò su una mano. «Sta già succedendo, Rossa. Se non vuoi restare qui, va bene. Possiamo lavorare con te in casa.»

Frustrata, mi sollevai una spallina. Non doveva succedere. Lui avrebbe dovuto prepararmi del caffè, poi darmi un bacio davanti alla mia auto ed io me ne sarei dovuta andare. Magari, *magari*, avremmo scopato di nuovo se ci fossimo voluti togliere quello *sfizio*, ma nulla più. Mi irritava il fatto che lui stesse fingendo che potessimo essere qualcosa di più quando io sapevo già per certo che non era possibile.

Ecco perché ero frustrata. Arrabbiata per via di quanto fosse eccitante nel suo letto. Avrei semplicemente potuto chiudere la bocca, tornare sotto le coperte e rispondere alla sua domanda a scelta multipla sul farmi venire.

Ci saremmo scavati la fossa solamente di un altro po'. E per quanto io non ne sapessi assolutamente nulla di amore, quello era il tipo d'uomo che avrei potuto fantasticare di tenermi.

Il che non era possibile.

No, dovevo allontanarmi subito.

«È stato divertente, ma questa non è una cosa da tutti i giorni, Rand. Non può esserlo.»

«Perché no? Non ti sei divertita?»

Non era razionale. Feci il giro dei piedi del letto e trovai la mia gonna di jeans. Me la infilai e me la tirai su per le gambe. «Non si tratta del divertimento. Cioè, è stato decisamente divertente. Ma so che tu non vuoi una cosa a lungo termine.»

Lui si accigliò. «Io voglio un per sempre, Rossa.»

Quello mi raggelò. Mi si mozzò il fiato. Il mio cuore perse un battito. Ma mi stava mentendo. Strano—Rand non mi sembrava un bugiardo. Era affascinante, ma non dava l'impressione di essere un playboy. Mi offendeva il fatto che volesse provare a ingannarmi. «No.»

Lui si alzò del tutto a sedere, il suo bellissimo busto esposto. Come faceva un uomo a ottenere degli addominali del genere? Non venivano da nessuna palestra dei dintorni.

«*No*? Ma che cazzo, Rossa? Come sarebbe a dire *no*?»

Adesso mi stava spingendo in una direzione in cui non avevo mai voluto andare. Avevo giurato allo zio Adam che avrei mantenuto il segreto. Sapevo che Rand teneva segreto il suo essere un mutante e mi stava spingendo a dirlo ad alta voce, ad affermare l'unica cosa che non volesse mai sentir rivelare.

Trovai la mia camicetta e ci infilai le braccia con più energia del necessario. «Sarebbe a dire che stai di nuovo facendo il prepotente. Mi stai dicendo che avrò un orgasmo questa mattina che io lo voglia o meno.»

Lui aprì la bocca e sollevò una mano. «Frena, cara. Non ti sto *facendo* fare nulla. Sono un tipo generoso. Quando si tratta di te, voglio renderti felice. Voglio sentirti pronunciare di nuovo il mio nome ansimando a quel modo. Non mi importa se sia sulla mia bocca o sul mio cazzo.»

«Perché?» gli chiesi, passandomi una mano sul viso.

«Perché cosa? Perché voglio che vieni? Perché sono un amante generoso.»

Io sospirai. «D'accordo, quello te lo concedo. Ma perché io? Perché lo vuoi *ogni giorno*?»

«Perché tu *no*?» ribatté lui.

Io sollevai le braccia. «Perché ci siamo appena incontrati. Non ti conosco.»

«Sai un bel po' di cose su di me, cara, proprio come io ne conosco un sacco sul tuo conto.»

Il suo sguardo si abbassò sui miei seni, sul fatto che non mi fossi abbottonata la camicetta.

Io cercai di calmarmi abbastanza da riuscire a chiudere i bottoni con le dita.

«Te l'ho già detto prima, Rossa, tu sei mia. Sono uno stronzo possessivo.»

«L'ho visto chiaramente ieri sera.»

«Allora qual è il problema?»

Se ne stava seduto lì tutto sexy e scompigliato. E confuso. Basta. C'era un limite alle menzogne che potevo inventarmi per aggirare la verità. E le stava dicendo anche lui, il che mi infastidiva da morire.

«Io lo so, Rand.»

Ecco, l'avevo detto. Dopo quindici anni, l'avevo detto.

«Sai che cosa?»

Mi voltai a cercare le mie scarpe.

«Sai che cosa?» ripeté lui.

Quando io non risposi, si spostò verso di me, mi prese per un braccio e mi fece voltare a guardarlo. Se ne stava in piedi di fronte a me. Nudo. Il suo cazzo era duro e sobbalzava tra di noi, ma lui mi stava guardando con una tale confusione, una tale intensità che chiaramente si era dimenticato di essere eccitato.

«Sai che cosa?» mi chiese, questa volta con un leggero nervosismo. La sua pazienza era al limite.

«Che cosa sei.»

Lui mi fissò.

«Che sei un mutante.»

Lui spalancò leggermente gli occhi e la sua presa sul mio braccio si strinse, ma non fu dolorosa.

«Di che cosa parli?» mi chiese, cercando palesemente di fingere.

Io sospirai, sfogandomi. «Ti ho visto. Quell'estate in cui ti è caduto addosso il trattore.»

Lui lasciò cadere la mano, andò al letto e ci si sedette sul bordo.

«L'ho detto allo Zio Adam. Lui lo sapeva, mi ha raccontato che cosa fossi, cosa foste tutti voi al Wolf Ranch. Cosa *siete*.»

Rand mi guardò sorpreso. «Il Vecchio Sheffield lo sapeva? L'ha sempre saputo per tutto quel tempo?»

Io annuii. «Il suo primo e unico amore era stata una mutante del vostro branco di nome Maggie. Non poteva stare con lui perché era umano. Per cui sì. Lo so. So che non c'è alcun per sempre per noi.»

Lui scattò su dal letto, porgendomi entrambe le mani. «Aspetta. È qui che ti sbagli.»

Qualcosa mi formicolò nello stomaco. Dio, non sapeva quanto volessi sbagliarmi. Mi tremavano le gambe, come se il mio corpo avesse creduto che quella conversazione fosse molto più importante di quanto avessi pensato.

«Prima di tutto, era legge nel branco il fatto che non potessimo accoppiarci con gli umani, ma non è più così. Ciò che ci guida veramente è il destino.»

Avrei voluto roteare gli occhi, ma lui sembrava mortalmente serio.

«Un mutante coglie l'odore della sua o del suo compagno e lo riconosce subito. È biologia. Non ci sono scelte o domande da porsi. Non so se tuo zio fosse il compagno predestinato per Maggie, ma io so che tu sei la mia compagna. Tu sei mia, Natalie Sheffield.»

Le gambe mi tremarono ancora più forte. Deglutii. «Ch-che stai dicendo? Annusate qualcuno e basta? Lo sapete?»

«Già, funziona così. Tu sei mia. Il tuo odore me l'ha detto. L'ho colto con la luna piena e mi ha condotto dritto da te.» Spalancò gli occhi, con un ghigno arrogante in volto. «Sapevi che ero io alla pozza, vero?»

Per qualche ridicolo motivo, mi sentii arrossire, nonostante mi avesse vista nuda già un altro paio di volte da allora. «Lo sapevo.»

Ebbi le vertigini nel tentativo di assimilare cosa mi stesse dicendo. Che ci fosse un qualche istinto biologico che scattava semplicemente dicendogli che appartenevo a lui.

«Senti... è un po' troppo. Capisco cosa mi stai dicendo. Voi non amate. Vi... accoppiate e basta? Be', n-non è così che funziona per me.»

Rand sembrò impallidire. Fece un passo avanti, allungando una mano verso il mio bicipite e sfiorandomi a malapena. «Qual è il problema, Rossa? Se sai che cosa sono e sai che sei la mia compagna, perché mi stai respingendo?»

Io incrociai le braccia al petto, più in un gesto protettivo che altro. Potevo impedirgli di abbracciarmi. «Perché sono umana.»

Lui si accigliò. «Sì, e allora? Lo stesso vale per molte delle compagne nel mio branco. Audrey e sua sorella Marina. E Becky, la compagna di mio fratello. Charlie, la nostra veterinaria. Si sono accoppiate con dei mutanti.»

«Lo zio Adam...»

«Forza, Rossa. Siediti.» Mi condusse al letto e ci fece sedere sul fondo. «Dimmi che cosa ti ha raccontato lo Zio Adam. Non ti toccherò.»

Io lo scrutai per un po', poi gli raccontai della ragazza che aveva amato lo Zio Adam al liceo. «Non ho intenzione di stare con un uomo, un mutante, che mi abbandonerà per un'altra mutante.»

Lui si voltò a guardarmi. Sollevò una mano per mettermela in viso, poi la lasciò cadere. «Non è così che funziona. Magari allora, magari per quella famiglia, ma le cose sono diverse adesso. Perfino Rob, che è l'alfa del branco, era pronto ad accoppiarsi con un'umana, ma Willow, la conosci per via dell'operazione sotto copertura della DEA dell'anno scorso, si è scoperto essere una lupa.»

Io spalancai gli occhi. «Anche Willow è una mutante?»

Lui mi rivolse un piccolo sorriso. «Non lo sapeva all'epoca. Ma non è quello il punto. Tutti nel branco ultimamente si sono accoppiati con un'umana. Io sono il prossimo. Con te.»

Io saltai su, feci avanti indietro, riflettei. La storia dello Zio Adam era commovente, ma non potevo negare i quattro esempi di relazioni umano/mutante cui aveva accennato. Perfino Rob, il capo, era stato pronto ad accoppiarsi con un'umana. Se l'avevano fatto tutti, allora anche Rand vi sarebbe stato d'accordo.

Poi ripensai ai miei genitori, al vero problema. «È il tuo lupo che ti sta guidando.»

Lui sogghignò. «Quello è certo. Io... muoio dalla voglia di te. Non lo negherò. Ma voglio più di quello. Voglio amore. Diamine, è abbastanza semplice. Io ti amo, Rossa.»

Ecco. Quello. All'improvviso, sentii freddo. Le sue parole erano vuote. «No. Non farlo. Non pronunciare quelle parole quando non le intendi davvero. L'amore non è un'urgenza biologica. Il tuo lupo ti sta controllando. Lo farà sempre. I miei genitori, loro... loro si odiano. Vivono in questo infelice matrimonio privo d'amore. Ho sentito abusare di quella parola quando non ha alcun significato. Non ho intenzione di permetterlo.»

«Non sarai infelice con me,» replicò lui.

Io scossi la testa. «Non mi conosci nemmeno. Abbiamo trascorso una notte insieme. *Una notte.* Non ho intenzione di mettere la firma su una vita assieme basandomi su quello. Ho visto quanto può rivelarsi spiacevole una scelta del genere. Non starò in una relazione *ogni giorno* quando non saprò mai se è il bisogno del tuo lupo di avere una compagna o l'amore a tenerci insieme.»

«Avrò sempre un bisogno da lupo di te. L'hai visto, è possessivo e prepotente. È disperato dalla voglia di averti.»

Davvero non ne aveva idea, il che mi dava prova del fatto che quella cosa non avrebbe funzionato. Non capiva che non avevo intenzione di avere una relazione con un mutante, uno guidato dal proprio bisogno di accoppiarsi. Non da un legame vero. Non dall'amore.

«Esattamente. Non posso. Mi dispiace, ma no. Quella è solamente biologia. Non è amore.»

Mi voltai di nuovo, afferrai le mie scarpe da terra e le portai fuori dalla sua camera da letto. La mia borsa era sul pavimento accanto alla porta d'ingresso e la presi.

«Rossa!» mi chiamò Rand, seguendomi.

Io uscii fuori, il sole caldo, il cielo di un bellissimo azzurro.

«Rossa!» mi chiamò di nuovo, uscendo in veranda. Nudo dalla testa ai piedi. «Non andartene. Dovrò semplicemente seguirti.»

Io mi fermai accanto alla mia auto, lo guardai. «No, non mi seguirai tu. Sarà il tuo lupo a farlo.»

12

IL PICKUP di Nash accostò mentre io ero ancora in piedi sulla porta, il cazzo al vento.

Imprecai e indietreggiai nel cottage infilandomi di corsa un paio di jeans e una maglietta. Avevamo un lavoro quel giorno—la ricostruzione di un comignolo alla casa di uno dei membri del branco. Avevo detto a Nash il giorno prima di riprogrammarlo perché avevo bisogno di rifare tutto l'impianto elettrico di Natalie, ma lui si era rifiutato.

«Dovrai continuare a lavorare se hai intenzione di contribuire a finanziare il suo progetto di rimessa in sesto,» mi aveva detto. «E poi, non posso svolgere il lavoro del comignolo da solo.»

Aveva ragione, ma cazzo se non volevo superare di corsa il suo pickup e andare dritto all'inseguimento della mia compagna. Volevo seguirla—diamine, avevo *bisogno* di seguirla, ma Natalie non lo voleva.

«Hai un aspetto terribile,» osservò Nash quando salii nell'abitacolo. «Ti sei appena svegliato? Ma hai mangiato almeno?»

Io scossi la testa. Il mio cervello vorticava in una dozzina di direzioni diverse e tutte quante giravano attorno a Natalie. Che cazzo era appena successo? Aveva saputo che ero un mutante. Per *anni*. Non riuscivo a crederci. Gli umani non erano a conoscenza dei mutanti. Mio fratello, Clint, mi aveva detto di come avesse dovuto rivelare a Becky che cosa fosse ed era stato un gran disastro. Essendo il fratello minore, io ero in grado di imparare dagli errori di Clint. Non ero nemmeno arrivato al punto in cui avrei rovinato le cose dicendo a Natalie la verità.

Lei già lo sapeva.

Aveva sempre saputo che si sarebbe allontanata mentre io ero affondato con forza e rapidità dentro di lei.

Il mio lupo era irritato dal fatto che le avessi permesso di andarsene. Che cosa avrei dovuto dirle?

Non ne avevo la minima idea, cazzo.

Nash rimise in folle il pickup. «Va' a prenderti dei bastoncini di carne. Non voglio che mi ringhi addosso perché hai fame *e* non hai ancora marchiato la tua compagna.»

Avrei voluto ringhiargli contro in quel preciso istante. In effetti, avrei adorato una bella lite tra lupi—noi due che ci rotolavamo in un ammasso di pelo e zanne fino a quando non avessi sfogato un po' di quell'aggressività. Ma una volta che avessimo finito, sanguinanti ed esausti, mi sarei comunque sentito nello stesso cazzo di modo.

Natalie se n'era andata e nulla avrebbe sistemato quella cosa. Tranne inseguirla e farla ragionare... in qualche modo.

Quando mi rifiutai di muovermi, lui scosse la testa e scese, entrando a passi pesanti nel mio cottage aperto e tornandone con una manciata di quegli enormi bastoncini di carne che tenevamo a portata di mano come snack per i lupi.

Me li lasciò cadere in grembo, inserì nuovamente la marcia e cominciò a guidare. «Allora? Qual è il problema? Ti sento tutto il suo odore addosso.»

«Sa dei mutanti.»

«Okaaaay.» Strascicò quell'ultima sillaba come a lasciar intendere che non ci fossero problemi.

«Ha detto che ciò che provo non è amore. Dopodiché è praticamente corsa via e mi ha detto di non seguirla.»

Lui svoltò ad una curva, tenendo gli occhi sulla strada.

«Be', gli umani sono diversi,» disse, come se fosse stato a conoscenza di certe cose. Lui non aveva una compagna. Non ne aveva la minima idea, cazzo. In ogni caso, proseguì. «Dovresti parlarne con tuo fratello. O con Becky. Le donne umane non comprendono la cosa dell'accoppiamento. Becky non si è rifiutata di sposare Clint perché aveva avuto un brutto matrimonio? Non capiscono che i brutti accoppiamenti non accadono.»

«Non capiscono nemmeno che un vero accoppiamento predestinato è speciale,» gli ricordai. Un sacco di mutanti non trovavano mai la loro compagna predestinata. Si accontentavano di qualcuno prima che fosse troppo tardi per mettere su famiglia. Quegli accoppiamenti erano come i matrimoni umani—bisognava lavorarci e potevano finire male. C'erano anche dei brutti accoppiamenti predestinati. Le violenze domestiche erano rare, ma quando accadeva nelle coppie di mutanti, la cosa risultava ancora peggiore per via dell'istinto biologico di restare con un compagno predestinato. Una femmina di lupo poteva andarsene, ma il maschio lupo si sarebbe sentito in dovere di seguire la sua compagna, anche se lei avesse voluto liberarsene. O così avevo sentito dire. Anche questo era un caso raro.

«Magari puoi farle vedere ciò che hanno gli altri. Cioè, guarda Audrey e Boyd. Clint e Becky. Gli altri. Hai degli ottimi esempi di compagni umani/mutanti che danno fottutamente la nausea a guardarli.»

«Già, sarebbero ottimi, se lei fosse disposta a ragionare. Non sta pensando lucidamente. E poi, ha accennato al pessimo matrimonio dei suoi genitori. Da quanto mi ha raccontato di loro, sono un disastro. Non vuole un accoppiamento privo di amore.» Mi sfregai la fronte. «Pensa che ciò che abbiamo non sia amore.»

Lui si voltò a guardarmi prima di tornare a fissare la strada. «Be', non lo è stando alla loro definizione di amore, immagino. So che la conoscevi quando eravate più piccoli, ma l'hai veramente conosciuta solamente l'altro giorno. Hai scoperto che fosse la tua compagna solamente quella sera. Ecco perché dovresti andare a parlare con Becky. O con qualunque delle altre donne. Scoprire di cosa abbiano bisogno gli umani per innamorarsi.»

«Non penso che sia così semplice. Lei non pensa che *io* ami *lei*. Come faccio a dimostrarle che i miei sentimenti sono reali a parte tutto ciò che sto già facendo? Cioè, se divento ancora più possessivo e protettivo, finirò col legarla al mio letto.»

Mi accasciai sul sedile mentre il pickup sobbalzava sulla strada sterrata. Cazzo. Era molto più difficile di quanto mi fossi aspettato e, a prescindere da quanto il mio lupo—e il mio cazzo—la volessero perennemente nel mio letto, non era così che si poteva fare. Pensavo di essere stato tanto fortunato a trovare la mia compagna ad una buona età per accoppiarmi e avere dei cuccioli. Non mi ero reso conto che trovarla non sarebbe stato l'unico ostacolo. O il più piccolo.

Non che non fossi disposto a fare qualunque cosa fosse stata necessaria a dimostrarle quanto valessi.

Accostammo al cantiere e scendemmo dal furgone, scaricando l'attrezzatura.

Nathan, il proprietario, uscì a salutarci. Era un po' uno stronzo, il che probabilmente era parte del motivo per cui Nash si era rifiutato di rimandare quel lavoro. Nathan era il tipo da fare scenate e chiedere uno sconto e quant'altro, anche da un amico mutante.

Quello stronzo non mi piaceva anche perché un suo parente di un altro branco aveva cercato di uccidere mio fratello l'anno prima. E non piacere era un termine generoso, specialmente visto il mio umore attuale. Non che il fiasco con Clint fosse stata colpa di Nathan, ma lui era uno stronzo losco e non avrei escluso che non fosse stato più coinvolto di quanto avessimo scoperto noi. Era il tipo da causare guai ovunque andasse, cazzo.

Sapevo che Rob doveva sempre guardarsi le spalle con quel tizio. Sembrava avercela specialmente con lui, volendo rimpiazzarlo con un altro alfa, chiunque cazzo potesse essere.

«Ehi, ragazzi, era ora,» strascicò Nathan, trascinando i tacchi dei suoi stivali da cowboy nella terra mentre camminava.

Nash inarcò un sopracciglio. «Siamo perfettamente in orario, stando al mio orologio.»

Nathan ci fece vedere bene che controllava l'ora. «Se cinque minuti in ritardo solo la vostra definizione di in orario.»

Io tenni la bocca ben chiusa. Visto il mio umore attuale, era probabile che avrei fatto o detto qualcosa che mi si sarebbe ritorto contro. Di brutto. Invece, tirai giù la scala dal retro del pickup e la appoggiai al fianco della casa di Nathan per poi sistemare accanto ad essa l'impalcatura con i nostri attrezzi.

Quando Nathan si voltò per tornare dentro, Nash gli fece il dito medio.

Il mio lupo era fottutamente troppo scontroso per sorridere, ma mi si sollevò comunque un po' il morale. Quell'uomo faceva parte del branco. Noi ci prendevamo cura dei nostri simili, anche se uno era un completo bastardo. Scossi la testa e mi misi al lavoro. Prima avessimo finito, prima saremmo andati via da lì. Prima sarei potuto tornare da Natalie.

Salimmo sulla scala, sistemammo le assi sull'impalcatura e ci mettemmo all'opera, smantellando il comignolo in pietra dove era crollato dopo che il terreno sotto la casa vecchia un secolo si era assestato. I problemi strutturali riguardavano più che solamente il comignolo, ma quello era l'unico che Nathan fosse disposto a sistemare in quel momento.

«Hai sostituito la scatola dei fusibili a casa di Natalie ieri?» mi chiese Nash mentre lavoravamo. Tirò via una pietra allentata e la poggiò su un telo cerato che aveva posizionato sul tetto. La giornata era calda, ma gli alti pini che circondavano il vecchio cottage impedivano al sole di battervi sopra. C'era una leggera brezza e l'odore di sempreverde e di uova fritte—immaginai la colazione di Nathan—riempivano l'aria. In lontananza, riuscivo a sentire un cervo che attraversava il bosco.

«Sì.» Picchiettai delicatamente con una mazzetta di gomma contro del cemento crepato e i pezzi caddero a terra. «Adesso devo solamente sostituire tutti cavi di quel maledetto posto. Non mi piace che se ne stia lì quando è in queste condizioni.»

«Nonostante la casa sia così da decenni, non ti biasimo,»

disse Nash. Dopo un attimo, sogghignò. «È una buona scusa per farla stare da te per il momento, però, no?»

Mi si contorse lo stomaco. «Già, l'avevo pensato anch'io, ma dopo il modo in cui ha dato di matto questa mattina, non penso che accetterà, al momento.»

Lui posò un'altra pietra di fiume sul telo. «Hai fatto progressi nel convincerla a non aprire un bed & breakfast?»

Io mi tirai indietro il cappello, poi scossi la testa. «Cazzo.» Un'altra cosa a cui pensare, diamine. «Non gliene ho ancora parlato. Devo trovare il modo giusto per affrontare l'argomento, capisci?»

La verità era che non mi piaceva alcun modo che non fosse quello chiaro di supportare Natalie in qualunque cosa avesse voluto fare, per cui quella situazione mi metteva tra l'incudine e il martello. Lei non voleva aprire la casa ai turisti. A giudicare dal suo scarso entusiasmo per quell'idea, era solamente un modo per lei di fare soldi. Però aveva ragione, le sue opzioni erano limitate. Non avevo idea di quanto fosse brava col violino, ma l'orchestra più vicina che conoscessi si trovava a Seattle. Sarebbe stato un gran bel tragitto da fare tutti i giorni da Cooper Valley, cazzo.

L'idea del B&B sarebbe stata praticabile se la casa fosse stata rimessa in sesto. C'era un terreno, una bellissima posizione. Diamine, avrebbe potuto rivelarsi una mossa davvero vincente a livello economico. Per il branco, però, sarebbe stato un disastro. Se l'avessi spinta in quella direzione, Rob mi avrebbe ucciso. Se l'avessi tenuta alla larga per fare felice lui, probabilmente lei mi avrebbe strappato le palle, *dopo* avermi dimostrato di non voler stare con un mutante.

Mi passai la mano sporca in viso. «Cazzo,» esalai. «Non c'è un modo giusto.»

«Penserai a qualcosa,» disse Nash, nonostante non

sembrasse tanto sicuro di sé. Probabilmente era felicissimo di non essere lui a dare di matto dal momento che non aveva un buon consiglio da darmi. Eravamo migliori amici praticamente dalla nascita e lui non si era mai trattenuto quando c'era stato da stuzzicarmi. Tuttavia, nessuno di noi ne sapeva assolutamente nulla dell'avere a che fare con delle femmine umane. Non mi ero mai sentito tanto fuori dal mio elemento in tutta la mia vita e quello era nulla rispetto a come il mio lupo ce l'avesse con me per il fatto che mi trovassi lì ad aggiustare un comignolo invece che a prenderci la nostra ragazza.

Lanciai a Nash un'occhiata eloquente. «Lo spero proprio, cazzo. È testarda.» Scossi la testa. Avevo fottutamente adorato quella cosa di lei fino a quella mattina, il fatto che fosse selvaggia e indomita quanto i suoi capelli. Tuttavia, era stato quando ero stato pronto a darle un piacevole risveglio che avevo scoperto che avrebbe puntato i piedi contro di me. Contro l'essere la mia compagna.

Aveva detto che non l'amavo. Allora come si chiamava un uomo che perdeva la testa per via di una donna? All'idea di perderla di vista? Di non poterla toccare o sentire il suo odore? Perché il mio lupo voleva ringhiarmi contro per la primissima volta?

Sospirai di nuovo. L'avrei capito. Dovevo. Nel frattempo, dovevo solamente placare quella cazzo di folle gelosia e possessività del mio lupo.

13

ATALIE

TRASCORSI LA GIORNATA a grattare via le brutte macchie di umidità dalle piastrelle del bagno principale. Letteralmente tutta la giornata.

Forse mi ero dedicata più ossessivamente del solito a quel compito per non pensare a Rand. Alla nottata che avevamo condiviso. Dio, ero indolenzita per via del modo in cui non si era trattenuto. Io in realtà l'avevo supplicato di non farlo, e adesso lo sentivo, come se il mio corpo avesse voluto ricordarmi cosa mi mancasse.

Il cuore mi accelerava ancora ogni volta che mi ricordavo ciò che mi aveva detto.

Tu appartieni a me, Natalie Sheffield.

Ci credeva davvero.

Dio, anche parte di me voleva crederci. La vita non sarebbe stata più semplice se fossimo stati entrambi mutanti e avessimo semplicemente "saputo" entrambi di essere

III

quelli giusti? Se l'amore non fosse importato perché i nostri lupi interiori erano più furbi di noi?

Però non lo eravamo. Io non ero una mutante. Non avevo idea se Rand fosse *quello giusto*. Certo, ero attratta da lui. Non solo perché fosse decisamente troppo bello per il suo bene, ma perché era... gentile. Autoritario. Protettivo. *Decisamente* esagerato, ma ero attratta da quello. Ero sicura che tutte le donne a Cooper Valley provassero la stessa cosa. Ma il desiderio non era amore.

Il desiderio mi aveva fatta infilare nel suo letto la sera prima. Mi aveva fatto indolenzire la figa. Mi faceva pulsare i capezzoli dalla voglia di riavervi la sua bocca. Non erano i miei capezzoli a decidere se volessi stare per sempre con una persona.

Avevo visto la pessima relazione dei miei genitori. Come si fossero comportati da stronzi l'uno con l'altra. Come fossero stati l'esempio perfetto di cosa *non* fare. Ma qual era la cosa giusta? Come avrei dovuto sentirmi? Come avrei mai fatto a sapere cosa fosse l'amore se l'esempio che avevo di matrimonio era il peggiore?

Come avrei mai fatto a sapere se Rand stava con me per via dell'uomo o del lupo interiore?

Certo, l'amore a prima vista sarebbe stato stupendo, ma io non ero Cenerentola, nonostante stessi pulendo il mio bagno. Non credevo nelle favole da molto, molto tempo. Di sicuro avevo smesso di farlo da prima di essere mai andata lì e di aver visto un uomo trasformarsi in un lupo.

Quando finalmente la vasca e le piastrelle furono scintillanti, mi spogliai e mi feci una doccia, chiudendo gli occhi e cercando di scacciare via il pensiero del mio pretendente lupo possessivo. O il formicolio che mi sentivo in corpo. «Merda,» esalai, chiudendo il rubinetto e aprendo la tendina di plastica.

Nulla mi avrebbe fatto dimenticare Rand. Solamente l'essere pulita mi faceva pensare a lui. Se mi avesse annusata in quel momento, avrebbe sentito l'odore del mio sapone? Dello shampoo? Avrebbe saputo che ero ancora eccitata? Dio.

Smettila di pensare a Rand!

Quel giorno, era impossibile. Specialmente quando sentii un pickup accostare davanti a casa. Corsi alla finestra e sbirciai fuori. Rand.

Spense il motore e scese.

Eek! Mi affrettai ad asciugarmi. «Solo un minuto!» esclamai quando bussò forte. Non avevo chiuso la porta d'ingresso a chiave, ma non l'avevo nemmeno lasciata spalancata.

«Natalie?»

Cacchio, stava entrando! Ed io ero nuda. Non era così che avrei voluto che andasse il nostro incontro successivo. Come avrei impedito che ce la facessimo di nuovo se non avevo la protezione di uno strato di abiti?

Andai nel panico, correndo in camera mia per recuperare degli abiti puliti. I capelli mi gocciolavano lungo la schiena. «Um, solo un attimo!»

«Va tutto bene lassù?» I suoi stivali stavano già rimbombando sulle mie scale. «Hai paura di un ragno?»

«No, è solo che--»

Spalancò la mia porta, con espressione allarmata. Io saltellai su una gamba, le mutandine ancora alle caviglie. «Eek!»

«Oh.» Quel profondo commento interessato sembrò riverberarmi addosso come un afrodisiaco. «Scusa, Rossa. Io, uh, pensavo fossi agitata.» I suoi occhi corsero ovunque per poi fermarsi sui miei seni. I miei capezzoli si indurirono formicolando sotto il calore del suo sguardo.

«Solo perché mi hai beccata che uscivo dalla doccia. E ovviamente nuda.» Al diavolo. Era lì. Io ero nuda. Aveva già visto ogni centimetro di me nonostante fosse stato solamente alla fioca luce della sua camera da letto, non in pieno giorno. Mi tirai via le mutandine ingarbugliate e gliele lanciai contro. «Non dovresti semplicemente entrare in casa mia e correre su per le mie scale.»

Lui prese le mutandine con una mano con un ghigno. «Dobbiamo parlare del fatto che dovresti chiudere la porta a chiave. E se non fossi stato io ad arrivare?»

«La maggior parte della gente bussa e poi *aspetta* che qualcuno risponda alla porta.»

«Scusa.» Ebbe quantomeno la grazia di sembrare imbarazzato, anche se di poco. «Il mio lupo è protettivo come--» Scosse la testa. «Lascia perdere. Dimenticati del mio lupo.» Si tolse il cappello da cowboy e se lo tenne in mano. «Possiamo dimenticarci del mio lupo? Voglio farlo alla maniera degli umani. Qualunque essa sia, Rossa. Mostramelo tu.»

Io sbattei le palpebre, sorpresa da quella svolta. Dannazione, era dolce. Di sicuro la rendeva un'offerta difficile da rifiutare. Mi resi conto che non aveva fatto nulla di sbagliato. Okay, era un tantino prepotente, ma era una buona cosa, no? Se fosse stato disposto a provarci, allora avrei dovuto farlo anch'io. Di nuovo, giusto?

«Non so davvero quale sia la maniera degli umani nemmeno io,» confessai.

«Certo che lo sai. Se io non fossi un mutante, cosa vorresti che facessi in questo preciso istante?»

Oh cavolo. Ero nuda e ci trovavamo a pochi passi dal mio letto. Era sbagliato. Decisamente una pessima idea.

Davvero, davvero pessima.

Ma dannazione se non lo volevo. Solamente un'altra volta non avrebbe potuto fare del male, no?

Mi si aprì lentamente un sorriso in volto.

«Com'è quel detto?» Avanzai ancheggiando verso di lui. Il suo sguardo passò da insicuro a voglioso in un batter d'occhio.

«Rossa?»

«Salva un cavallo e cavalca un cowboy?» domandai.

Lui sogghignò da un orecchio all'altro. «Già, penso dica così.» Rivolse un'occhiata al bagno. «Dammi sessanta secondi per darmi una pulita per te—ho lavorato tutto il giorno.»

Io lo seguii in bagno. Non era da me—non ero mai stata audace e impudente con un uomo prima di allora, ma l'interesse incrollabile di Rand me lo faceva venire naturale. «Solamente se posso guardare.»

In un attimo, l'energia cambiò. Gli avevo dato il permesso e lui stava assumendo il controllo, come faceva sempre. Mi prese in braccio dalla vita e mi portò in doccia con sé. «Io ho finito di guardare, cara. Se te ne stai qui con me nuda, urlerai il mio nome.»

Io emisi una risata tremula mentre lui si spogliava e apriva l'acqua.

E aveva ragione.

Cinque minuti più tardi, ero fuori di me dal piacere, la schiena premuta contro le piastrelle e la sua bocca sulla mia intimità.

Urlai il suo nome. Una. Due volte.

Cinque volte mentre venivo, venivo e venivo.

14

AND

GUIDAI FINO a casa di mio fratello quando Natalie se ne andò per lavorare al Cody. Avrei voluto seguirla in città, ovviamente, ma lei mi aveva rimproverato per il fatto che fossi tanto possessivo e volessi sedermi a farle da guardia al bar. Di nuovo.

«Vuoi che mi dimentichi del tuo lupo?» Mi aveva picchiettato un dito esile contro il petto. «Smettila di fare il pazzo.»

Lei lo chiamava pazzo, io lo chiamavo essere il suo compagno. Lei forse stava andando a fare il suo lavoro, ma il mio era tenerla al sicuro.

«D'accordo,» avevo borbottato, decisamente *non* d'accordo. «Ma verrò all'orario di chiusura per assicurarmi che torni a casa sana e salva.»

Lei aveva roteato gli occhi, ma non aveva discusso.

Ora, mentre guidavo verso casa di Clint e Becky, il mio

lupo mi ringhiava contro perché voleva che andassi al bar ad assicurarmi che sapesse che me la stavo comunque rivendicando. Non c'era il mio marchio sul suo collo. Non aveva il mio odore addosso. Ciò che faceva arrabbiare ancora di più il mio lupo era il fatto che anche se me la *fossi* rivendicata, nessuno degli umani avrebbe capito che era mia. Per loro, lei era un bersaglio libero. Lo sarebbe sempre stata a meno che non le avessi messo un anello al dito. A quel punto, forse sarei stato in grado di rilassarmi sebbene conoscessi un paio di stronzi a cui non sarebbe fregato nulla che una donna fosse sposata o meno.

Cazzo. *Cazzo!* Stavo perdendo la testa. Potevo anche essere sceso a compromessi con lei ed essermi fatto da parte, ma—

No. Col cavolo. La mia pazzia era il motivo per cui parcheggiai di fronte al cottage. Per ottenere dei consigli da una vera femmina umana. Se lei riusciva a sopportare Clint, allora doveva avere tutte le risposte che mi servivano. L'avevo riavuta tra le mie braccia a urlare di nuovo il mio nome, ma quello era solamente un inizio. Non pensavo che Natalie avesse cambiato idea. Non ancora.

Scesi dall'auto e bussai alla porta. Giuro sul destino che riuscivo a sentire mio fratello parlare con una vocina da idiota in casa. Violetta, la sua bambina, non avrebbe potuto comandarlo di più a bacchetta.

«La porta è aperta,» esclamò Clint con voce da adulto per poi tornare a quella acuta. «È lo Zio Rand? Mmh? È venuto a trovarti lo Zio Rand?»

Io non potei fare a meno di sogghignare di fronte alla trasformazione che aveva subito mio fratello. E a come fosse adorabile la sua piccola mezzosangue. Chiaramente, aveva preso il bell'aspetto da me.

«Ciao, dov'è la tua compagna?» chiesi entrando in

cucina, dove Clint aveva messo Violetta su un seggiolone, il vassoio pieno di piselli. Lei mi offrì un sorriso a un solo dente quando mi vide, con un pisello spappolato sulla guancia.

Clint era su una sedia della cucina girato verso di lei, ma sollevò lo sguardo su di me. «È a casa di Rob. Stanno facendo la serata tra donne.»

Io gemetti e mi tolsi di scatto il cappello passandomi le dita tra i capelli. Forse avrei semplicemente dovuto annullare la missione e andare al Cody. Già, ecco cosa avrei dovuto fare.

Clint mi scrutò non come una minaccia, ma con curiosità. Andavo perfettamente d'accordo con la sua compagna, ma non cercavo spesso lei nello specifico. «Perché? Che cosa vuoi da Becky?»

Io mi schiarii la gola. «Be', ah...»

L'istinto protettivo di Clint scattò—stava lottando col suo lato più mansueto da papà, ma quello svanì quando io esitai. Fece il giro del tavolo a grandi passi e quasi sbatté il proprio petto contro il mio. «Che cosa vuoi dalla mia compagna?»

Già, tanti cari saluti al non essere minacciato.

«Un consiglio,» borbottai, senza incrociare veramente il suo sguardo.

Clint piegò la testa. «Come, scusa?»

«Riguardo la mia compagna.»

Il volto di Clint si trasformò dalla maschera severa di un sicario ad un'espressione di celebrazione. «Rand! Ma che cazzo? Hai trovato la tua compagna?»

Violetta emise dei versi e sbatté le manine sul vassoio come se anche lei fosse stata felice per me.

Io provai un vago senso di colpa. Avevo immaginato che

Rob glielo avesse detto, ormai. Avrei dovuto raccontarglielo prima, sebbene fossi stato ben impegnato a cercare di prendermi la Rossa, cazzo.

«Già. Sì. È Natalie. Natalie Sheffield.»

«Non mi dire.» Mi rivolse un gran sorriso e mi diede una pacca sulla spalla.

«Senti, mi piacerebbe molto restare a guardare Violetta lanciarti piselli addosso, ma la mia compagna è testarda da morire e non pensa che io la ami.» Già, quello era praticamente il riassunto della mia situazione. «Ecco perché ho bisogno di parlare con Becky e di capire che diavolo fare.»

Clint incrociò le braccia al petto e rise. Poi abbassò lo sguardo su Violetta e disse nella sua ridicola voce per bambini, «Lo Zio Rand ha un bel problema. Eh sì!»

Io gli lanciai un'occhiataccia. «Non è affatto divertente.»

Violetta rise e lanciò un pisello a terra. *Fantastico.*

Clint tornò serio. «No. Lo so. Non è affatto divertente. Be', perché non vai alla casa principale? Tutte le donne sono là assieme. Sono sicuro che saranno felici di spiegarti quali sono tutte le cose che hai sbagliato.»

Io assottigliai lo sguardo nella sua direzione. «Probabilmente riuscirei a farti il culo mentre sei in modalità papà.»

Il ghigno di Clint comparve di nuovo. «Provaci, fratellino. Vedremo come andrebbe a finire per te.»

Avrei voluto tirargli un pugno—l'avrei voluto davvero—ma Violetta stava emettendo dei versi così carini, agitando quei pugnetti cicciotti, che scioglieva perfino me. Mi limitai a rivolgergli il dito medio mentre uscivo e salivo in auto per guidare fino a casa di Rob.

Quando vi arrivai, le donne—Willow, Audrey, Marina,

Becky e Charlie—mi stavano aspettando tutte in veranda, con dei bicchieri di vino in mano, a salutarmi. Io sospirai, consapevole che non sarebbe stato divertente. Affatto. Un esame alla prostata probabilmente sarebbe stato meno invasivo di ciò in cui mi stavo cacciando.

«Eccolo! Abbiamo sentito dire che ti serve un punto di vista femminile,» esclamò Marina mentre mi avvicinavo.

Io gemetti. Già, sarebbe stata una tortura. Ma Natalie di sicuro ne valeva la pena, cazzo. «Le voci girano in fretta.»

«Clint mi ha mandato un messaggio,» disse Becky con un sorriso. «E abbiamo saputo la notizia.»

«Io l'ho saputo ieri,» gongolò Willow, facendomi l'occhiolino. «Rob mi ha detto di Natalie. Congratulazioni.»

Scossi la testa. «Non è decisamente il caso di congratularsi.» Risalii i gradini in legno dell'enorme veranda che correva lungo tutto il perimetro della casa e mi appoggiai alla ringhiera. Il sole non era ancora tramontato, ma il calore della giornata stava cedendo il posto ad una fredda serata estiva del Montana.

«Qual è il problema?» mi chiese Marina. Lei era la più giovane delle donne—più giovane di Natalie. Aveva lasciato il college per accoppiarsi con Colton Wolf, il fratello di Rob.

«Il problema è che pensa che non si tratti di amore.»

«Immagino che tu sia diventato praticamente assatanato da quando il tuo lupo ha sentito il suo odore,» commentò Willow.

Io le feci un occhiolino malizioso. «Sai che non faccio la spia.» Conoscevano tutte la verità. Nessun maschio mutante poteva resistere alla propria femmina una volta che ne aveva sentito l'odore. «Ad ogni modo, Natalie dice che la conosco a malapena e ha paura di ritrovarsi bloccata in un matrimonio privo d'amore.»

«Le hai chiesto di sposarti?» domandò Becky ad occhi sgranati. «Mi sorprende che tu le abbia detto di essere un mutante.»

Io chiusi gli occhi per un istante, poi li riaprii. «No, non le ho chiesto di sposarmi, ma lei è umana, per cui è a quello che pensa. Dei pessimi genitori con una pessima relazione l'hanno resa diffidente.»

«Be', posso capirlo,» disse Audrey. Era la sorella di Marina, nonché la nostra ostetrica/ginecologa di paese che si era accoppiata con l'altro fratello di Rob, Boyd. «È chiaramente difficile per noi comprendere tutta la storia dell'accoppiamento quando non riconosciamo allo stesso modo i nostri compagni come fate voi.»

«È proprio quello il punto. Io non le ho detto che cosa fossi. Lei lo sapeva già. Sa di tutto il branco.»

Fu quasi comico il modo in cui tutte spalancarono gli occhi all'unisono, per cui raccontai loro come mi avesse visto mutare tutti quegli anni prima e cosa le avesse detto suo zio.

«Wow,» disse Becky. «Questo... questo cambia alcune cose dal momento che non ha bisogno di tempo per accettare tutta la storia del lupo. Ma immagino che abbia anche più senso, così. Fammi indovinare, scommetto che hai tirato fuori le tre P con lei.»

Io mi accigliai. Lei contò sulla punta delle dita mentre rispondeva. «Possessivo, protettivo e prepotente.»

«Ma certo,» risposi io, quasi offeso all'idea di non comportarmi a quel modo con la mia compagna.

«Quello è *tutto* lupo, Rand. O quasi,» intervenne Charlie. Lei era la compagna più recente, essendo stata rivendicata da Levi a inizio estate.

«Devi concederle del tempo per innamorarsi di te. E per

credere che i tuoi sentimenti, per quanto spinti da un istinto biologico, siano reali,» mi consigliò Becky.

Io mi tolsi il cappello e mi sfregai la fronte. «Giusto. Okay. Quindi degli appuntamenti? Quel genere di cose?»

Marina fece spallucce. «Qualunque cosa ti venga naturale. Semplicemente del tempo. Passate del tempo assieme.»

«Io non *ho* tempo,» ringhiai. Le quattro donne umane si ritrassero di fronte al ringhio lupesco nella mia voce e Willow fece un passo avanti, la femmina alfa che era in lei pronta a rispondermi a tono. «Scusate.» Sollevai le mani. «Mi dispiace. È solo che sto dando di matto, cazzo. Sono follemente possessivo nei suoi confronti. Tutte le P. E geloso da morire perché lavora al Cody, con tutti quegli uomini a metterle gli occhi addosso. Non lo sopporto.»

«Tu o il tuo lupo?» mi chiese Marina, piegando la testa di lato.

Io mi passai una mano in viso, cercando di sfregare via un po' di malumore. Fui colto da un'idea. «Magari mi aiuterebbe se ci parlaste tutte quante? Se vi conoscesse? Sapete, per riuscire a vedere le cose da un altro punto di vista su com'è accoppiarsi con un mutante?»

«Vuoi che facciamo noi il lavoro al posto tuo.» Becky rise.

«Farei qualunque cosa al mondo per voi se riusciste a darmi subito la mia compagna,» ammisi con un sorriso ironico. Quell'idea piaceva sia al mio lupo che al mio cazzo.

Le donne si guardarono. «Certo, possiamo parlarle. Se vorrà parlare,» disse Willow.

«Potrebbe unirsi a noi per la prossima serata tra donne,» suggerì Marina.

Io gemetti. «Non potete vederla prima?» Il pensiero di trascorrere un'intera settimana senza fare tutto ciò che era in mio potere per far concordare la mia compagna ad accoppiarsi con me mi stava uccidendo.

Marina scosse la testa. «Non puoi affrettare le cose. Finirai col farla fuggire spaventata se ti comporti da pazzo.»

Io lasciai cadere la testa. «Già. Praticamente me l'ha già detto lei.»

«Be', è arrivato il momento di ascoltare!» protestò Becky.

«Vi ascolto,» esalai. «Quanto tempo pensate le serva?»

Becky sbuffò. «Tutto quello necessario. Decisamente più di una settimana.»

«*Più* di una settimana?» Per il destino, non sarei sopravvissuto. Quanto a lungo un lupo possessivo come me sarebbe riuscito a resistere senza rivendicare la propria compagna? Be', se non altro la settimana seguente sarebbe stata con quelle donne invece che... ugh. «Probabilmente non potrebbe venire alla vostra serata tra donne, in ogni caso,» mi resi conto a voce alta. «Lavora tutte le sere al Cody e non vorrebbe rinunciare ad un turno.»

«Be', magari potremmo andare noi lì,» disse Audrey facendo spallucce. «Possiamo provare a farlo sembrare un caso. *Non* un'imboscata. Io Becky possiamo passarci dopo il lavoro ogni tanto. L'ospedale non è lontano dal bar.»

«Non un'imboscata, giusto,» risposi io. «Grazie. Vi ringrazio moltissimo. Significa davvero molto per me.» Mi scostai dalla ringhiera e indietreggiai sui gradini. Era arrivato il momento di andare al Cody. Non eravamo nemmeno vicini all'orario di chiusura, ma le avrei semplicemente detto che mi trovavo in zona. Al diavolo.

«Tu devi comunque impegnarti!» mi esclamò Marina.

«Sissignora,» concordai io, offrendo a tutte quante un saluto con la mano. «Lo farò. Non appena avrò capito cosa significa.»

La risata delle donne mi seguì fino all'auto.

Io strinsi i denti e feci grattare la marcia mentre mettevo la retro. Non mi ero minimamente avvicinato al rivendicare la mia compagna. Però mi sentivo lievemente meglio.

Dovevo solamente concedere a Natalie il mio tempo e dimostrarle il mio amore per lei. Fintanto che non avessi insistito troppo e non l'avessi spinta a scappare o respingermi, potevo farcela.

15

Un paio di giorni più tardi, io e Nash arrivammo allo chalet del branco in anticipo per aprirlo e pulirlo per il raduno mensile del branco. Era stato costruito decine di anni prima come luogo centrale d'incontro, ma anche come punto di partenza per le corse mensili con la luna piena. Si trovava lontano dagli occhi indiscreti degli umani e in una zona sicura per mutare liberamente. L'ultima volta che vi ero stato era stato un attimo prima di abbandonare il solito sentiero per via di Natalie.

Non ne ero stato consapevole all'epoca, ma in qualche modo avevo *saputo* che la mia compagna si era trovata là fuori, che avevo avuto bisogno di trovarla. Ora, ero completamente fuori di testa—per usare un eufemismo—a stare lontano da lei. Io, lì col mio branco—lei a lavorare al Cody.

C'era stato un tempo in cui anche Levi e Clint sarebbero

venuti ad aiutarci, ma adesso che si erano accoppiati con delle umane, non arrivavano più tanto presto né stavano fino a tardi. Da quanto mi aveva detto Clint, Becky e Audrey sarebbero passate al bar a conoscere Natalie. Solamente quello mi impediva di balzare nel mio pickup e dirigermi in città.

Charlie e Becky, Marina ed Audrey potevano venire alle riunioni del branco, se volevano, ma non tutti i membri del branco le facevano sentire a proprio agio, il che era un vero schifo. Gente come Nathan Brown, il tipo a cui avevamo sistemato il comignolo pochi giorni prima, e altri membri conservativi avevano idee di vecchio stampo riguardo il modo in cui si sarebbe dovuto gestire il branco. Erano veterani tradizionalisti che pensavano che Rob fosse troppo... liberale. L'alfa aveva fatto molte cose nei quasi vent'anni in cui era stato capo, tutte positive, a mio avviso. Di recente, aveva cambiato la legge del branco per permettere l'accoppiamento con gli umani e non tutti i membri erano stati d'accordo. A prescindere dall'esempio che forniva o dal numero di mutanti che si stavano accoppiando con degli umani in quei giorni, non faceva differenza.

Arrivarono Rob e Willow, sembrando proprio la coppia di alfa che erano. Quando il lupo di Rob l'aveva scelta, lui non aveva saputo che fosse in realtà una mutante—nessuno l'aveva saputo. Inclusa lei. Non fino a quando non le avevano sparato mentre svolgeva il proprio lavoro e lei era mutata spontaneamente per curarsi. Rob si sarebbe accoppiato con lei in ogni caso, mutante o umana, ma di sicuro il fatto che la sua compagna umana si fosse scoperta essere una bellissima lupa rossa aveva allentato la pressione, nonché il fatto che fosse il più alfa possibile per essere una femmina.

«Ehi, ragazzi. Grazie per aver aperto,» borbottò Rob mentre entrava. Venne da me e mi diede una pacca sulla spalla. Il fatto che ci ringraziasse ancora ogni mese dimostrava che era un buon leader. Io mi sarei presentato lì anche se non l'avesse fatto. Era come un altro fratello maggiore per me e la mia famiglia lo supportava in quanto alfa sin dalla notte in cui i genitori dei Wolf erano morti quando eravamo bambini.

I miei genitori entrarono subito dopo, mia mamma con in mano un vassoio delle sue famose lasagne e mio padre con una teglia di brownie e un melone. «Rand, va' a prendere la busta della spesa nel bagagliaio del SUV,» mi disse mia mamma. Portava sempre fin troppo cibo. Quando tutti dovevano portare qualcosa significava che ognuno avrebbe dovuto portare una sola pietanza, ma mia mamma doveva portarne almeno cinque ad ogni riunione. Nessuno avrebbe patito la fame con lei.

Era la mamma chioccia del branco, senza pestare i piedi a Willow.

Uscii fino alla sua auto e portai dentro una busta della spesa piena di patatine, biscotti fatti in casa e un sacchetto di carote e sedano appena tagliati con salsa ranch.

Dentro, Nash e mio padre stavano sistemando le sedie.

I membri del branco cominciarono ad arrivare e Rob rimase sulla porta a stringere mani e salutarli tutti.

«Ciao, Clint. Non hai portato le umane oggi?» esclamò Nathan Brown a mio fratello.

Era una frecciatina voluta—a implicare che anche la figlia di Clint, Violetta, era umana e non sarebbe mutata una volta raggiunta la pubertà. A Clint non importava che mutasse o meno o che le fossero cresciute delle ali e si fosse messa a volare come una fata. Era contento di sua figlia in qualunque modo fosse cresciuta. Lo stesso valeva per me, per i miei genitori. Per Rob. Cazzo, per chiunque nel branco *tranne* Nathan.

Ringhiai nonostante probabilmente fui sovrastato dal rumore di tutti gli altri in arrivo.

«Non chiamare la mia famiglia *le umane*,» disse Clint a denti stretti e i due uomini—uno più anziano e uno più giovane—si fissarono in cagnesco. Clint lo superava di diversi centimetri in altezza e di almeno una quindicina di chili di muscoli. L'unica volta in cui Nathan dimostrava un po' di forza era sotto forma di mutante, ma non reggeva il confronto con Clint o con me.

Io andai a pararmi al fianco di mio fratello. Se Brown pensava di poter infastidire Clint, avrebbe scoperto presto che almeno sei dei membri più forti del branco gli avrebbero coperto le spalle. Anche Nash si unì a noi, con le braccia incrociate al petto, molto probabilmente per impedirsi di strangolare quello stronzo.

Nathan fece spallucce. «Ti vergogni di ciò che sono?»

Clint fece scattare la mano e afferrò la camicia di Nathan nel pugno.

Dei ringhi si diffusero in tutta l'ampia sala riunioni fino a quando la voce di Rob non l'attraversò con un comando alfa, «*Basta.*»

Lo chalet si zittì.

Boyd fece un passo avanti, sfruttando la diplomazia che lo contraddistingueva e che nessuno di noi aveva mai padroneggiato. «Ehi, allora. Facciamo tutti un bel respiro.» A Nathan disse, «Sono sicuro che tu non volessi provocare un ex sicario del consiglio facendogli credere che stessi insultando la sua compagna e la loro cucciola, giusto? Perché sarebbe una pessima mossa.» Le sue parole ricordarono al branco che mio fratello era stato scelto dal consiglio dei mutanti e che aveva fatto applicare le loro leggi in segreto per anni. Probabilmente aveva ucciso più persone di Colton durante il suo servizio prestato con i Berretti Verdi. Le parole di Boyd fecero riflettere tutti.

«Sedetevi,» ordinò Rob, prevenendo qualunque risposta da parte di Nathan.

Tutti si mossero subito prendendo posto. Io mi sedetti accanto a mio fratello—non che avesse bisogno del mio aiuto. L'aver ricordato a tutti che fosse stato un sicario senza che nessuno l'avesse saputo per tanto tempo bruciava un po'. Io sapevo che il suo ruolo era stato tenuto nascosto per la sua sicurezza e la nostra, ma mi infastidiva da morire il fatto che Clint avesse vissuto una doppia vita.

Con Becky e Violetta, se l'era lasciata da tempo alle spalle.

Rob presentò il solito programma del giorno, poi lasciò campo a nuove discussioni.

«Io ho un nuovo argomento,» disse Nathan Brown, alzandosi.

Ah, cazzo. Sul serio, ogni volta che quell'uomo parlava era per minare in qualunque modo la leadership di Rob. Quel tipo non nascondeva la sua scontentezza nella direzione che aveva preso il branco permettendoci di accoppiarci con delle umane e qualunque altra cosa di cui si fosse potuto lamentare.

C'era sempre qualcosa.

Giuro che sentii Rob stringere i denti dalla mia sedia. «Quale sarebbe?»

«Avevi intenzione di parlarci della minaccia al nostro branco proveniente dalla vostra vicina?»

«Quale vicina?» Non riuscii a trattenere il mio sfogo di rabbia. Se stava parlando di Natalie, ci saremmo scambiati ben più che solo parole.

Gli avrei staccato la testa.

Rob sollevò una mano nella mia direzione, la sua occhiata severa che comunicava il proprio dispiacere. In me, nonostante fosse Nathan quello si stava dimostrando una spina nel fianco.

Cazzo.

Mi zittii e Nathan attese. Riuscivo praticamente a percepire il suo frivolo entusiasmo nei confronti dei guai che stava per causare.

«Hai sentito la domanda,» lo spronò Rob. «Quale vicina?»

«Penso che tu sappia esattamente di chi parlo. Natalie Sheffield e i suoi piani di aprire un bed & breakfast proprio accanto a voi. All'intero branco.»

Ma che cazzo? Come faceva a sa—oh merda. Avevamo parlato sul suo tetto quando gli avevamo sistemato il comignolo! Che mossa stupida. Dannato udito da mutanti.

La stanza si agitò ed io imprecai tra i denti. Clint mi strinse una mano attorno all'avambraccio per impedirmi di alzarmi dalla sedia. Il mio lupo era furioso. Natalie non era lì. Non era in pericolo, ma io volevo comunque proteggerla.

«Mantieni la calma,» borbottò a bassa voce. Non che parlare sotto voce servisse a qualcosa con i mutanti.

Mantenere la calma non era possibile. Il mio lupo non aveva intenzione di restarsene seduto a far niente quando qualcuno minacciava Natalie. Ero pronto a sgozzare qualcuno. Una persona nello specifico.

Rob si acciglió. «Stiamo gestendo la situazione,» disse secco.

«Io penso che il branco si meriti di sapere come viene gestita. Ritrovarsi con un via vai di umani sui terreni adiacenti a quelli del branco è un problema. Un *grosso* problema,» disse Nate.

Ci furono un paio di mormorii di assenso nella stanza.

Io cominciai ad emettere un basso ringhio dal fondo della gola.

«Piantala.» Clint strinse la presa sul mio braccio.

I miei genitori, che erano seduti un paio di file davanti a noi, si voltarono per guardarmi, notando la mano di Clint sul mio braccio.

«La stiamo gestendo,» ripeté Rob.

«Ma come?» Questa volta fu qualcun altro a porre la domanda, il che significava che probabilmente Rob avrebbe dovuto rispondere. Se non fosse stata la mia compagna a trasferirsi lì, sarei stato razionale e avrei ritenuto quella domanda ragionevole. Un umano come vicino di casa, specialmente uno che poteva aprire un B&B, avrebbe potuto causare problemi al branco.

Dannazione.

Rob chiuse gli occhi come a pregare di trovare la pazienza. «Stiamo lavorando con Natalie Sheffield per trovare un'altra soluzione per la sua proprietà.»

«Sarò felice di andare a casa sua e--»

«Tu *non* ci vai,» sbottai io. Clint non poté impedirmi di alzarmi di scatto. Puntai un dito contro Nathan Brown. «Nessuno si avvicinerà a quel posto, sono stato chiaro?»

«Rand!» Mia madre sembrava scioccata.

«Basta, figliolo,» mio padre usò la sua voce bassa e autoritaria con me. Quella che di solito funzionava.

Rob allargò le narici. «*Seduto.*» Il suo comando alfa avrebbe potuto funzionare in circostanze diverse. Sentii le mie ginocchia cominciare a piegarsi, ma il mio lupo rispose con una scarica di energia per contrastarlo.

Clint colse quel momento di debolezza per tirarmi giù sulla sedia.

La stanza si mise a mormorare.

«*Come potete vedere,*» Rob lo sovrastò e la stanza si zittì di nuovo. «Uno dei membri del nostro branco ha qualcosa in ballo in questa situazione.» Fece una pausa per lasciare che quell'informazione li raggiungesse.

Una compagna? È la sua compagna? sussurrarono un paio di persone.

Mia madre sgranò gli occhi e si posò una mano sulla guancia, compiaciuta.

«E *quello* è il modo in cui sto gestendo la cosa,» proseguì Rob. «Rand conquisterà la sua compagna e la porterà nel branco. Dopodiché sono certo che riusciremo a raggiungere un accordo che funzioni sia per la signorina Shefflied *che* per il branco.»

Mi si contorse lo stomaco. Non mi piaceva sentire Rob annunciare le mie intenzioni a tutto il branco a quel modo, specialmente per via del fatto che, per quanto ciò che avesse detto fosse stato vero, non era del tutto accurato. Si stava dimostrando diplomatico e stava cercando di zittire quella discussione. Sapevo che voleva placare i dissensi che minavano la sua leadership. Scrollarsi di dosso gli stronzi che stavano addosso a lui e a me. Tuttavia, nel momento in cui pose fine alla riunione, io uscii a passi pesanti, saltando il pasto. Non potevo rimanere nonostante sapessi che i miei genitori volevano parlare. Festeggiare. Non potevo farlo in quel momento, non quando la mia compagna era sotto minaccia.

Nathan Brown avrebbe fatto meglio a guardarsi le spalle. Perché io mi sarei accoppiato con Natalie. L'avrei portata alle riunioni del branco se lei avesse voluto venirci. Se avesse espresso anche solo il minimo commento nei suoi confronti, l'avrei ucciso, cazzo.

Mio fratello poteva anche avere più esperienza in quel campo, ma io non ero mai stato più sicuro di qualcosa in vita mia.

NATALIE

AVEVO PASSATO gli ultimi venti minuti nel magazzino a contare bottiglie di liquore. Era presto e il bar era silenzioso. L'happy hour era passata, ma mancava ancora diverso tempo all'arrivo della folla serale sebbene il martedì il bar non si riempisse come nei weekend. Corressi il numero di bottiglie di tequila sulla tabella, poi passai alla vodka. Erano passati un paio di giorni da quando avevo detto a Rand che doveva darsi una cazzo di calmata... se non altro era così che la pensavo io.

Quel tipo era l'emblema del maschio alfa esagerato.

Ogni volta che lavoravo, lui si presentava per accompagnarmi alla macchina e poi seguirmi fino a casa. Se ne stava seduto al bar in quello che ormai consideravo il suo *solito sgabello* e si assicurava che nessuno mi desse fastidio. Non che Cody o i buttafuori del finesettimana lo avrebbero permesso. Avevamo trascorso ogni notte insieme a casa mia

—dove gli allarmi antincendio erano stati installati e l'impianto elettrico era in rifacimento—o al suo cottage. Io mi ero fatta una piccola chiacchierata con me stessa, cioè con la mia figa, e aveva vinto lei. Avremmo fatto sesso il più possibile con Rand.

Ciò non significava che non stessi comunque opponendo resistenza alle sue rivendicazioni su di me. Lui non mi amava. Certo, nemmeno io lo amavo. Per quanto lo conoscessi praticamente da tutta una vita, non lo *conoscevo* davvero. Anche se lui continuava a discutere con me al riguardo dal momento che eravamo più intimi di quanto non lo fossimo mai stati con nessuno. Ciò non significava che fossi innamorata. Non sapevo nemmeno cosa fosse l'amore. Non è che ne avessi avuto un buon esempio a casa. Non mi ero mai sentita amata dai miei genitori. La cosa più vicina a dell'affetto che avessi mai provato era stata la gentilezza dello Zio Adam. Mi piacevano i miei amici. Ma la Grossa A? L'Amore? Nah. Mi era estraneo. Non avevo mai dichiarato il mio amore ai pochi ragazzi che avevo avuto al college.

Avevo imparato a fare sesso senza amore. Se avessi aspettato di innamorarmi di qualcuno per fare sesso, sarei morta vergine.

Non avevo idea di cosa sarebbe successo in futuro, ma sapevo che non potevo accontentarmi del presunto amore eterno di Rand e un per sempre felici e contenti per noi due. Organizzare la mia vita sull'idea che quella cosa potesse andare a parare da qualche parte sarebbe stato un grosso errore.

Era così che mi sentivo anche riguardo al mio lavoro. Non stavo andando da nessuna parte.

Mi trovavo in un dannato magazzino a contare bottiglie di liquore. Avevo una laurea specialistica in musica e mi trovavo in un bar da cowboy nel bel mezzo del Montana. Avevo trasformato la brutta situazione di essere un'universitaria al verde che odiava il proprio campo di studio in qualcosa di peggio. Mi chiesi se in qualche modo, a livello inconscio, mi fossi trasferita lì così da non dover più suonare. Non c'era *nulla* per me da fare come violinista nel Montana. Insegnare ai ragazzini del posto? Come se avesse potuto aiutarmi a pagare le bollette.

Però non volevo nemmeno fare la barista. Cody era fantastico ed era un bravo impresario, ma preparare drink non era ciò che volevo fare della mia vita.

Afferrai la tabella e spensi la luce.

«Eccoti!» Mi fermai a metà strada verso il bar quando due donne bionde mi si avvicinarono come se fossimo state grandi amiche appena ritrovate. Una era sulla trentina, bassa con gli occhiali, e l'altra era formosa con un sorriso insolente. Quella con gli occhiali diede un colpetto all'altra, ma guardò me mentre diceva, «Attenta al magazzino. L'ultima volta che Becky ci è stata, si è fatta mettere incinta.»

Io fissai l'altra che adesso stava roteando gli occhi e arrossendo. «Lascia perdere,» disse, facendo spallucce e senza negarlo. Si era fatta mettere incinta nel magazzino? Sul serio? «A giudicare dal suo sguardo e dalla tabella che ha in mano, io mi sono divertita *molto* di più di te.»

«Può darsi,» risposi io, insicura di cosa dire.

«Io sono Becky,» mi disse lei. «Sono la cognata di Rand.»

Mi si accese la lampadina. Quelle erano le compagne umane dei ragazzi del Wolf Ranch. Ciò rendeva Becky la compagna di Clint.

«Io sono Audrey,» disse la bionda con gli occhiali. «La moglie di Boyd. Lavoriamo all'ospedale e, dal momento che eravamo ancora in città, abbiamo deciso di passare di qui.»

Io non potei fare a meno di sorridere di quanto fossero...

vivaci. Non ero certa se lo fossero sempre o meno. «Fantastico.»

Cody mi fece cenno di raggiungerlo.

«Volete un bicchiere di vino o altro?» domandai, andando al bancone e sollevandone il pezzo d'ingresso. Lo tenni sollevato per Cody e lui mi prese la tabella.

Le signore avevano preso posto sugli sgabelli. «Guideremo entrambe fino al ranch, quindi niente alcol per noi, ma io muoio di fame,» disse Becky. «L'allattamento mi fa venire *sempre* fame.»

«Ho sentito dire che hai avuto una bimba,» dissi io, dando loro un menu. Rand mi aveva parlato della sua famiglia il giorno prima mentre si era messo all'opera sull'impianto elettrico. Aveva dovuto staccare la corrente e in qualche modo collegare dei nuovi cavi ad una presa lì vicino facendoli passare dietro la parete. In alcuni punti, aveva dovuto forare il cartongesso resistente. Era un lavoro sporco e molto impegnativo. Avevo di nuovo provato a offrirmi di pagarlo per la sua manodopera, ma lui mi aveva respinta. Fino a quel momento, aveva acquistato solamente delle forniture elettriche... la scatola dei fusibili e un sacco di cavi. Non era stato ridicolmente costoso... fino a quel momento. L'avrei ripagato. L'avrei fatto, diamine. «Violetta, giusto?»

Becky sorrise. «Esatto. Anche Adurey ha avuto una bambina. Sarai la zia Natalie per entrambe.»

Io feci un passo indietro e sollevai le mani. «Whoa, non sono sicura di cosa vi abbia detto Rand, ma--»

Loro sogghignarono. «Rand ci ha detto che lo stai facendo impazzire,» disse Audrey. «Ottimo lavoro.»

Una cameriera venne al bancone e mi porse una comanda. Io la lessi e afferrai una pinta di vetro riempiendola dal rubinetto. Lanciai un'occhiata ad Audrey mentre lavoravo.

«*Volete* che lo faccia impazzire?»

Lei appoggiò gli avambracci al bancone. «Assolutamente! Quei ragazzi devono impegnarsi per ottenere quello che vogliono.»

«Possiamo ordinare le alette di pollo disossate con la salsa buffalo piccante?» chiese Becky.

«E un sacco di gorgonzola,» aggiunse Audrey.

«Certo.» Andai al computer e inserii l'ordine in cucina.

«A parte tenere Rand sulle spine e lavorare in questo fantastico bar, che altro fai?» aggiunse Audrey. «Ammetto che mi sembra di conoscerti da un sacco di tempo visto che pensavamo che Willow fosse te la scorsa estate. Ora sei qui veramente.»

Arrivarono un altro paio di ordini, impedendomi di rispondere. Una band stava allestendo il palco quando riuscii finalmente a tornare da Audrey e Becky. «Allora?» mi chiese Becky.

«Oh, um...» Mi ero dimenticata la domanda. «Sono andata a scuola a Los Angeles e ho portato a termine il mio master in musica.»

«Fantastico!» esclamò Becky. Si chinò da un lato quando la cameriera le portò le alette. Io afferrai un paio di tovaglioli extra da sotto il bancone e versai ad entrambe nei bicchieri di acqua con ghiaccio. «Suoni uno strumento, canti o--»

«Il violino.»

«Davvero? Dovresti conoscere i Gatti del Fienile, allora,» disse Audrey. Indicò gli uomini sul palco e ne salutò uno con la mano. Chiaramente, si conoscevano. «Hanno suonato al mio ricevimento di nozze.»

La band cominciò a suonare. A differenza delle solite

cover band rock che si esibivano nei bar, quelli suonavano il fiddle. Tre fiddle, e uno al basso stabiliva gli accordi.

Mi tornò alla mente un ricordo dimenticato dello Zio Adam che mi portava a vedere una band bluegrass. Forse si era trattato di quei tipi—di sicuro sembravano avere quell'età. L'età che avrebbe avuto il mio prozio se fosse stato ancora vivo.

Sorrisi, sia per il ricordo che per la musica. Non si trattava delle pesanti esibizioni di violino da concerto che mi ero lasciata alle spalle. Era vivace e divertente. Qualcuno ogni tanto sbagliava una nota, sebbene probabilmente io fossi l'unica ad accorgermene, e non aveva importanza. La folla li adorava e loro si stavano divertendo. Non c'era alcun professore sul podio a valutare la loro tecnica con l'archetto o la perfezione della curva delle loro dita sulle corde. Nessun conduttore. Nessun voto.

Guardarli mi fece desiderare di non aver mai studiato affatto musica al college. Di averla tenuta per me. Per puro divertimento.

A quel punto, forse, l'avrei ancora apprezzata come quando lo Zio Adam mi aveva regalato quel primo violino.

Ci fu un momento di calma al bar man mano che la gente si spostava di fronte al palco per ballare ed io mi appoggiai coi gomiti al bancone di fronte ad Audrey e Becky.

Audrey si sporse in avanti con fare cospiratorio. «Allora, i ragazzi sono rimasti tutti sconvolti nello scoprire che tuo e tuo zio avete saputo di loro per tutto questo tempo.»

Io mi guardai attorno. Nessuno ci stava prestando attenzione e la musica copriva le loro parole.

«Rand l'ha detto a tutti?» Non ero sicura del perché mi infastidisse. Un po' immaginai fosse perché il segreto dello Zio Adam mi era sembrato sacro per tutti quegli anni e poi...

bam! Era *là fuori*. O forse era perché Rand aveva tutta questa cosa del branco che io davvero non capivo. Io non provenivo da una famiglia unita. Provenivo da una disfunzionale. Non avevo fratelli. Nessun nonno di cui mi ricordassi. L'unico parente a parte i cari Mamma e Papà era stato lo Zio Adam.

«Mi dispiace se si fosse trattato di una cosa privata,» disse Audrey, cogliendo subito la mia reazione. «È solo che, da quanto abbiamo sentito dire, tuo zio è stato un fantastico vicino e amico per mio marito e i suoi fratelli per così tanti anni. Sono rimasti toccati nello scoprire che si era sentito legato a loro e che aveva protetto il loro segreto per tutta la sua vita.»

Io mi ammorbidii. «Sì, è vero. Aveva amato un membro del loro branco, avete sentito quella parte della storia? Lei gli ha spezzato il cuore.»

Qualcosa si contorse nel mio stesso petto al pronunciare quelle parole. Mi ero detta di non saperne niente di amore perché i miei genitori erano stati un tale pessimo esempio, ma mi resi conto di aver assimilato anche la storia dello Zio Adam. La tragedia di Romeo e Giulietta in cui le due parti non si erano potute unire per via di ciò che erano state.

Forse era per quello che ero tanto intimidita dall'insistenza di Rand sul fatto che dovessimo stare insieme. I miei genitori erano sposati, ma erano una pessima coppia. Lo zio Adam e la femmina mutante avrebbero dovuto stare insieme perché erano stati perfetti, ma non avevano potuto.

Comunque la guardassi, non c'erano vincitori.

«Rand ti ha detto che le cose sono cambiate adesso, vero?» mi chiese Audrey, sistemandosi gli occhiali sul naso. «Cioè, se così non fosse, io non sarei accoppiata *e* sposata con Boyd. Rob dice che solamente il Destino detta le regole dell'accoppiamento, non il branco.»

Io scossi la testa, con una fitta al petto. Tutto quel parlare di branco e accoppiamento mi rendeva ansiosa. Mi stavano tutti mettendo troppa pressione. Era troppo. Riuscivo ancora a sentire l'eco della tragedia della storia d'amore dello Zio Adam con una mutante. Non volevo scrivere anche la mia.

Avevo parlato con Boyd Wolf solamente al telefono quando si era offerto di comprare la mia proprietà. Sembrava gentile. Per quanto riguardava gli altri, incluso il compagno di Becky, non ne sapevo nulla di loro. Erano possessivi e pazzi quanto Rand?

«Ehi,» Audrey mi sfiorò un braccio. «So quanto siano intensi questi ragazzi quando i loro istinti biologici si attivano. Rand muore dalla voglia di marchiarti come sua e chiudere la questione, ma tu non provi lo stesso istinto.»

«Marchiarmi?» Mi sporsi in avanti sugli avambracci. L'avevo sentita bene?

Becky ed Audrey si scambiarono un'occhiata. «Spiega tu,» disse Becky. «Sei tu il dottore.»

«Be', chiaramente non ne conosciamo l'aspetto scientifico,» ribatté Audrey. «Ma da quel che ho capito io, quando un maschio trova la sua vera compagna, le sue zanne si ricoprono di una specie di siero e lui prova l'istinto di morderla per lasciarle il proprio odore nella pelle.» Si scostò il colletto per mostrarmi un paio di cicatrici.

«Oddio,» mormorai io. La cosa stava diventando sempre più strana. Non solo Rand voleva controllare tutto, dalla casa in cui dormivo alle persone che mi parlavano mentre lavoravo, ma aveva tralasciato la follia del suo bisogno di *mordermi*. Io non sapevo nemmeno se quell'uomo fosse innamorato di me, figuriamoci se avessi voluto il suo odore sulla mia pelle. Anche no. «No, grazie.»

«Se non dovesse marchiare la sua compagna prescelta,

impa--» Audrey posò una mano sul braccio di Becky per interromperla a metà frase.

«Cosa farebbe?» chiesi io.

Qualcuno mi fece un cenno con la mano ed io andai a riempire loro il bicchiere.

Audrey rispose alla mia domanda quando tornai. «Scusa —non c'è bisogno che tu lo sappia. Mi è chiaro che ti abbiamo già sopraffatta ed è l'ultima cosa che volessimo fare,» disse.

Mi si contorse ancora di più lo stomaco.

«Io pensavo fosse tutta una follia quando è capitato a me,» confessò Audrey. «Boyd era questo gran playboy dei rodei. Gran parlata, bell'aspetto. Sono piuttosto certa che avesse una donna diversa in ogni città. Non volevo avere nulla a che fare con lui.» Prese un bastoncino di sedano e lo affondò nel gorgonzola. «Ma lui ha continuato a insistere. E a me sembrava che dovesse trattarsi di una specie di scherzo. Cioè, io ero solamente la dottoressa sfigata di paese. Un uomo come lui non poteva di certo volermi per sempre.»

Becky annuì durante tutto il racconto di Audrey. «Però loro vogliono un per sempre,» la interruppe. «Un lupo non abbandona mai la propria compagna. Non perde mai l'istinto di proteggerla e di prendersi cura di lei. Io l'ho trovato un po' intimidente dopo un matrimonio finito male... prima di Clint. Come se, se mi fossi buttata in un altro, non ci sarebbe stata via di fuga. Io e Clint non siamo sposati, come gli umani. Siamo accoppiati, così come Audrey e Boyd. Sembra dannatamente spaventoso, ma non ci sarà motivo di tirarsene fuori. Questi ragazzi sono completamente dediti alle loro compagne.»

Mi piaceva molto la storia che stavano cercando di vendermi, ma non me la bevevo proprio. «Come fate a saperlo, però? Siete sposate—accoppiate solamente da quanto? Un anno o due? Siete ancora entrambe nella fase luna di miele. E Rand non è Clint o Boyd.»

Becky mi rivolse un sorriso dispiaciuto. «Io direi che conosco Rand meglio di Audrey dal momento che è il fratello di Clint. Questi ragazzi hanno un'ottima famiglia. Unita. I genitori di Clint e Rand sono compagni predestinati. Quando li conoscerai, ci crederai,» mi promise Becky.

«Così le facciamo troppa pressione,» disse Audrey, probabilmente leggendo di nuovo la mia espressione dubbiosa. «Decisamente non siamo venute per convincerti a fare nulla. Solamente per offrirti il nostro supporto in caso tu ne abbia bisogno.»

«Grazie, lo apprezzo.» Era vero. Mi piacevano entrambe e credevo al fatto che le loro intenzioni fossero buone, solo che non mi fidavo di quella storia della biologia dei lupi. Io volevo una relazione vera basata su esperienze condivise, sull'amore e il rispetto. Non sul mio odore.

«Solo non respingere Rand se sembra troppo bello per essere vero. Concediti di avere lui e tutto ciò che comporta lo stare con un mutante, se ti piace.» Becky mi fece l'occhiolino.

Io sorrisi con riluttanza.

Già, mi piaceva la parte bella.

E lei aveva ragione—sembrava davvero troppo bello per essere vero. Come poteva essere così fantastico ed essere reale? O durare?

Mi stavo concedendo di godermelo—almeno in parte. Solo che non volevo fidarmi del fatto che potesse durare per sempre.

Non quando si trattava di una cosa che non comprendevo nemmeno.

17

Un paio di giorni dopo la riunione del branco, accostai davanti a casa di Natalie dopo una giornata passata a installare un paraschizzi in piastrelle come ultimi ritocchi della ristrutturazione della cucina di una famiglia di mutanti. Non potei fare a meno di sorridere nel vederla seduta sui gradini della veranda come ad aspettarmi.

Quella vista mi fece battere forte il cuore, ma io mi costrinsi a comportarmi normalmente.

Comportarsi normalmente per un mutante che aveva bisogno di marchiare la propria compagna, però, era come tenersi in equilibrio per ore e ore sul ciglio di un burrone.

Ogni giorno che passava senza che io marchiassi Natalie era una nuova sfida. Non glielo dissi, ovviamente, né le raccontai di nulla di quanto fosse accaduto con Nathan. Dar sfogo a uno qualsiasi di quei problemi, che non facevano che ruotare attorno a lei, non mi avrebbe aiutato con la Rossa. Per niente, cazzo.

Ce la stavo facendo, però. Era dannatamente difficile dimostrare il mio amore a qualcuno quando avrei anche dovuto far finta di niente e non farle pressione al riguardo. Non aveva senso, per me, ma io non ero umano. Avevo dei genitori mutanti come esempi da seguire. Io volevo un amore come il loro e, per quanto fosse basato sulle tradizioni e le usanze dei mutanti, era una relazione. Un accoppiamento, che praticamente era un matrimonio tra lupi.

Il mio lupo, però, non poteva rimanere a bocca asciutta. Era parte di me e andava domato, e solamente Natalie poteva farlo. Non rischiavo di soccombere presto al delirio da luna piena, ma stava diventando sempre più difficile non rivendicarmela. Perfino in quel momento, standomene lì a fissarla, stavo rovinando tutto? Stavo facendo tutta quella roba umana nel modo giusto?

Tipo—quanti regali erano troppi? Quanti orgasmi? Quanti lavori di ristrutturazione potevo fare a casa sua senza che me lo chiedesse prima di sembrare presuntuoso e invadente? Avevo tutte le intenzioni di vivere lì con lei. Per sempre. Ma lei aveva dato di matto per il fatto che avessi pagato io una fottuta scatola di fusibili. Era una linea di confine fottutamente sottile quella che stavo percorrendo e mi stava praticamente facendo perdere la testa.

«Ciao, cara,» esclamai mentre mi sforzavo di rallentare il passo raggiungendola. Già, ero cotto.

Lei si alzò. Sembrava indossare un bikini sotto la canottierina e i pantaloncini di jeans, cosa che mi faceva fottutamente impazzire dalla voglia di strapparle i vestiti di dosso per vederla con quello. E nient'altro. «Stavo per andare alla pozza per rinfrescarmi un po', ma ho pensato di aspettarti. Vuoi venire?»

Cazzo, Natalie e la pozza? Sogghignai. «Un lupo ha bisogno di correre?»

Il suo sguardo incrociò il mio, incuriosito. «Tu sì?»

Avevo cercato di non accennare al mio lupo. Faceva parte del mio comportarmi normalmente. Mi chinai, volendo darle solamente un rapido bacio sulle labbra, ma invece il mio braccio si insinuò sotto le sue natiche ed io mi sollevai le sue gambe in vita, portando la sua intimità calda contro il mio busto e i suoi seni davanti al mio viso. Ne mordicchiai uno attraverso la maglietta.

«Quando la luna è piena,» ammisi. «E quando ho bisogno di sfogarmi un po'. Aiuta a mantenere l'equilibrio col mio lupo. Altrimenti, comincia a prendere lui il sopravvento.» Feci una smorfia, sperando di non aver di nuovo esagerato. Cazzo, avevo dubbi su qualunque cosa dicessi, ultimamente.

«Intendi dire che tutto questo... questo tuo atteggiamento da alfa sei tu e non il tuo lupo?»

Io non potei fare a meno di sogghignare. «Atteggiamento da alfa? Cara, è Rob l'alfa, da queste parti. Io non sono nulla al confronto.»

La portai dentro e la posai sul bancone della cucina.

«Voglio vedere il tuo lupo.»

Io mi bloccai. «Davvero?»

«Sì. Cioè, l'ho già visto. Quando si è ribaltato il trattore. E di nuovo quella sera alla pozza. Me lo mostrerai quando ci arriveremo di nuovo? Questa volta senza scappare via.»

Io sprofondai nel suo sguardo passionale. «Pensavo che non andassi tanto pazza del mio lupo.»

Lei allungò una mano verso di me, prendendomi il viso.

«Non è affatto così. È quello che hai pensato?» Scosse la testa. «No, Rand. Io *adoro* il fatto che tu sia un lupo.»

«Ma...?»

«Ma, hai ammesso di essere un sacco prepotente e alfa. Lo so, non come Rob, ma ad ogni modo, so che è perché è il tuo lupo a farti pressione. Non voglio basare una relazione su un istinto biologico. Specialmente quando io non lo provo.»

Io le strinsi le cosce. «Tu non...» Scossi la testa. Dando di matto. Dopo tutti quei giorni... diamine, tutte quelle notti passate assieme. Le avevo dimostrato ciò che provavo per lei. Ad ogni azione, ogni parola. E lei non-- «Al diavolo. Io so che provi qualcosa per me.»

Lei attirò le mie labbra alle sue. «Provo decisamente qualcosa. È solo che... è troppo presto per chiamarlo amore. Ed io voglio amore. Non desiderio da lupi.»

Io tuffai la testa nel suo collo, reprimendo un ruggito frustrato. «Io penso che stiamo parlando della stessa cosa. Ma ti concederò del tempo.»

Mi ritrassi così da poterla guardare negli occhi.

«Quindi mi... farai vedere il tuo lupo?» La sua voce aveva una vena maliziosa che mi arrivò dritta al cazzo.

«Facciamo così. Ti farò vedere il mio lupo se tu suonerai il tuo violino per me.» Sapevo che i suoi sentimenti riguardo la musica erano sprofondati dopo l'università. Riuscivo a percepire il suo dolore al riguardo quando ne parlava. Non volevo rigirare il coltello nella piaga, ma se avessi potuto aiutarla in qualunque modo a ritrovare il suo amore per la musica, ci avrei scommesso che non si sarebbe più sentita tanto persa a Cooper Valley.

Lei spalancò gli occhi. «Il violino? Pensavo avresti detto che volessi che mi togliessi il bikini o qualcosa del genere.»

«Anche quello,» risposi io, abbassando una mano per sistemarmi il cazzo nei pantaloni.

«Perché vuoi che suoni?» mi chiese lei.

Feci spallucce. «Voglio sentirti. È una grossa parte della tua vita—o lo è stata—e non ho mai sentito una nota da parte tua da quando eri una bambina. Per favore?»

La sua espressione si addolcì fin quasi a sembrare meravigliata. «Vuoi davvero sentirmi?»

«Sì.»

«Non sono così brava. Cioè, me la cavo, ma i miei professori--»

«Non me ne frega un cazzo dei tuoi professori. Scommetto che sei incredibile.» Indietreggiai e le lasciai spazio.

Lei arrossì e scese dal bancone della cucina. «Okay, immagino. Adesso?»

«Portalo alla pozza. Possiamo preparare un picnic. Scommetto che il tramonto su quella cascata è magnifico.»

La sua espressione si addolcì ancora. Si sollevò in punta di piedi e mi diede un bacio sulle labbra. «Mi sembra una buona idea, cowboy. Vado a prendere una coperta e il mio fiddle. Io suonerò e tu potrai mutare e ululare a tempo.»

Quell'idea mi fece ridere e, per la prima volta da quando avevo accostato, fui contento.

«Vuoi prendere del cibo dal frigo?»

«Ci penso io.» Le diedi una pacca sul sedere mentre usciva dalla stanza e controllai il suo frigo. Preparai dei panini e lavai un po' di uva. Aveva un paio di bottiglie di tè freddo che presi e misi tutto in una borsa frigo che recuperai dalla mia auto.

«L'ultimo che arriva è un uovo marcio!» esclamò Natalie, correndo fuori dalla porta sul retro prima di me, le sue braccia cariche di coperte, asciugamani e il violino.

Io risi e chiusi a chiave la casa prima di partire all'inseguimento, raggiungendola senza sforzo e afferrandola per la vita. «Come se potessi seminare un lupo,» dissi, facendola volteggiare prima di rimetterla a terra che rideva.

Lei si scostò i riccioli rossi dal viso e mi sorrise. La luce del sole la colpiva in volto, facendole risplendere la pelle. «Probabilmente non c'è nulla che possa fare meglio di te, vero?»

«Un milione di cose,» dissi io. «A cominciare da quello.» Indicai il violino con un cenno del mento. «Lascia che li porti io.» Le presi coperta, asciugamani e custodia dello strumento dalle braccia.

«Così stai portando tutto tu,» protestò.

«Già. Ed è così che mi piace fare, cara.» Le feci l'occhiolino e lei scosse la testa, ma stava sorridendo.

Corse avanti in infradito sembrando un sogno estivo con i suoi capelli rosso fuoco che brillavano ramati alla luce del sole.

Non ci volle molto per raggiungere la pozza dal momento che si trovava sulla sua proprietà. Io distesi la coperta mentre Natalie si toglieva i vestiti.

«Ciò che voglio sapere,» biascicai mentre avanzavo verso di lei, «è, se sapevi che saresti venuta qui con me, perché ti sei presa la briga di metterti questo bikini?» Tirai un laccetto del fiocco che aveva sulla schiena e quello si sciolse, allentando la parte superiore. Feci lo stesso con quello sulla sua nuca e quei pezzetti di stoffa blu scura caddero a terra.

Lei sogghignò. «Nel caso in cui non fossi venuto.»

«Non ne indossavi uno l'ultima volta che sei venuta qui. Quando mai io non vengo?» Avanzai su di lei come se fosse stata la Cappuccetto Rosso e quel grosso lupo cattivo se la fosse voluta mangiare per cena. Ed era così. Strattonai il laccetto su un lato della parte inferiore del suo bikini.

«Mai,» esalò lei. «Vieni sempre. Sto cercando di abituarmici.»

«Abituatici.» Afferrai l'ultimo laccetto e anche le mutandine caddero a terra.

Dannazione. Si era depilata del tutto per me. «L'hai fatto per me, Rossa?» le chiesi e lei arrossì, annuendo. «È la cosa più bella che abbia mai visto.»

Lei si voltò e corse in acqua, ridendo e guardandomi da sopra la spalla affinché la inseguissi.

Io ringhiai e mi strappai gli abiti di dosso, correndole dietro. Per diversi, deliziosi minuti, il mio lupo si godette lo starle vicino, i nostri corpi nudi che danzavano assieme nell'acqua. E poi divenne troppo per me. Il suo corpo soffice e bagnato, la sua risata, il suo odore. Catturai la mia compagna e nuotai con lei sotto la cascata, fino agli scogli lì dietro. Dopo averla sollevata per farcela sedere sul bordo, le afferrai le ginocchia. «Apri quelle cosce per me, cara. Ho bisogno di metterti la bocca addosso.»

«Rand,» gracchiò lei, la testa che le ricadeva all'indietro per il piacere. Adoravo quando la sua voce aveva quel suono, cazzo—come miele denso e dolce. Dovevo scoprire come eccitarla più del sesso, ma per il momento, quello bastava a impedire di far impazzire il mio lupo e adoravo il suo sapore sulla mia lingua.

Le allargai le labbra con i pollici e le leccai il clitoride. Feci scorrere la punta della lingua attorno al suo centro del piacere in un modo che stavo cominciando a imparare che le piacesse.

«Rand.»

Infilai un dito nel suo canale stretto mentre stringevo le labbra sul suo clitoride e cominciavo a succhiare. Non volevo stuzzicarla, vederla dimenarsi e ritrovarsi alla mia mercé. No, volevo solamente dare piacere alla mia compagna. Se fosse venuta tanto facilmente per me, non avrebbe fatto che rendere il mio lupo felice di essere in grado di soddisfarla così bene.

«Rand!» Mi strattonò i capelli bagnati.

«Vieni adesso per me, Rossa. Dopodiché ti sbatterò per bene sulla coperta quanto usciremo da qui.»

Lei venne. La mia dolce femmina veniva sempre con forza, ogni dannata volta che le mettevo le mani addosso. Era la parte più soddisfacente della mia giornata il sentire le sue urla ansimanti mentre raggiungeva l'apice.

Quando ebbe finito, la riportai al centro della pozza e la feci galleggiare tra le mie braccia. Quella era... perfezione.

18

NATALIE

QUELLA ERA FELICITÀ.

Non ero sicura di averla mai conosciuta prima. Forse da bambina—le estati che avevo trascorso lì con lo Zio Adam ad imparare a suonare il fiddle. Ma non così. Non quel formicolio nel petto. Quella sensazione che tutto andasse bene nel mondo.

Sbattei lentamente le palpebre negli ultimi raggi di sole della sera mentre Rand mi faceva volteggiare sulla superficie dell'acqua e mi resi conto che...

Quello era amore.

Io amavo Rand.

Giusto? Be', non ne ero certa. L'amore era astratto e indefinito. Ma quella felicità—era nuova, sconosciuta e meravigliosa. Lui mi rendeva felice. Mi faceva sentire... speciale. Completa. Bramavo stare con lui, mi mancava quando eravamo lontani. Pensavo a lui. Lo desideravo—e non solo la mia figa.

Sfregai il viso contro il suo collo, gustandomi quel momento, la sensazione delle sue mani sul mio culo, il suo cazzo duro contro il mio ventre. Cosa avrei dovuto fare? Non sarebbe dovuto succedere. No, lui era un pericolo per il mio cuore. Cosa provava per me? Sapevo cosa provava il suo lupo, ma Rand? Potevo affidargli il mio cuore? Poteva trattarsi di più di quanto avessero mai avuto i miei genitori? Poteva essere ciò che allo Zio Adam non era mai stato offerto?

Non ne avevo idea, ma non si poteva tornare indietro, ormai. Dovevo solamente fidarmi e sperare che non mi avrebbe spezzato il cuore.

Dopo un po', mi portò fuori dalla pozza e sulla coperta. I suoi occhi brillavano d'argento.

«Mostrami il tuo lupo,» sussurrai io, l'aria che mi asciugava l'acqua dalla pelle.

In un batter d'occhio—e fidandosi completamente—lui si trasformò, le articolazioni che scricchiolavano e schioccavano mentre si gettava a quattro zampe accanto a me. Era immenso, molto più grosso così da vicino di quanto mi fossi resa conto. Molto più grande di un lupo normale. Non ebbi paura, però. Lo *conoscevo*. L'avevo già visto. Allungai una mano verso di lui, affondando le dita nel suo pelo, accarezzandogli le orecchie e il muso.

«Bellissimo. Sei bellissimo.»

Lui girò in cerchio sulla coperta, come fanno i cani prima di sdraiarsi, ma si fermò accanto alla custodia del mio violino e la spinse verso di me col naso.

Io risi. «Vuoi che suoni?»

Lui si mise a terra e appoggiò il grosso muso sulle zampe.

«D'accordo, suonerò.»

In qualche modo, suonare per un lupo era molto meno intimidatorio che suonare per i miei compagni o professori. Specialmente quando quel lupo era Rand. Specialmente seduta nuda ad una pozza segreta sui miei terreni. Eravamo soli, l'intero mondo dimenticato a parte quel preciso istante in quel luogo.

Aprii la custodia. L'odore di resina mi riportò alla mente un sacco di brutti ricordi—il giudizio e le critiche costanti, la competizione.

Rand, però, voleva sentirmi, per cui regolai l'archetto e spalmai della resina sul crine di cavallo. Accordai brevemente il violino e me lo infilai sotto il mento.

Quel punto al centro della mia schiena mi diede una fitta—il dolore di protesta che avevo provato per l'ultimo anno e mezzo.

Rand mi guardava coi suoi occhi da lupo.

«Che cosa vuoi sentire?» Mi sembrava ridicolo suonare il violino nuda e chiedere ad un lupo cosa suonare, ma mi aiutava anche a perdere la serietà con la quale mi ero sempre approcciata al violino.

Rand si trascinò in avanti sul ventre e uggiolò leggermente. Io allungai una mano e gli accarezzai il folto pelo grigio.

«Non ti importa?»

Lui agitò la coda.

«D'accordo.» Cominciai a suonare la *Sonata in Do* che aveva fatto parte del mio concerto per la laurea, ma i brutti ricordi me la fecero abbandonare dopo poche note. Invece, cominciai a improvvisare una versione acustica di *Yellow* dei Coldplay.

Rand agitò più forte la coda. Rizzò le orecchie. Quegli

intensi occhi azzurro-grigio non abbandonarono mai il mio viso.

Io suonai tutta la canzone, ricominciando ogni volta che sbagliavo una nota e scoprendo che non aveva importanza se accadeva. Rand non mi stava giudicando. Non c'era nessuno lì a cui importasse che dimenticassi la nota successiva.

Quando ebbi finito, abbozzai una delle prime canzoni che mi aveva insegnato lo Zio Adam—"Camptown Races." Accelerai mentre la suonavo, un sorriso a tendermi le labbra, ricordandomi come fosse stato comico lo Zio Adam quando suonava il suo fiddle il più velocemente possibile per le sue dita.

Come potevo essermi dimenticata quanto fosse divertente suonare il fiddle? Provai un'altra vecchia canzone folk e poi un'altra. Quando ebbi rimesso a posto il violino nella sua custodia, stavo sorridendo, più felice ancora di quanto non fossi stata dopo l'orgasmo che mi aveva dato Rand. *Forse*, e non avevo intenzione di dirglielo.

Il dolore in mezzo alle scapole era svanito—cosa che sembrava praticamente un miracolo.

Mi voltai nuovamente verso Rand e scoprii che era mutato di nuovo—ed era tutto uomo sdraiato su un fianco sulla coperta, la sua enorme erezione che sobbalzava verso di me.

«Rossa, è stato incredibile,» disse, sollevandosi su un gomito.

Quell'unico complimento riempì un pozzo che era stato in secca. Le sue semplici parole mi fecero sentire bene, convalidarono la mia performance, tutto il tempo in cui ci avevo lavorato. La fatica. Con lui che mi guardava e basta, ero stata in grado di ritrovare la felicità nel mio violino.

«Anche tu.» Salii a cavalcioni su di lui e allungai una

mano fuori dalla coperta fino ai suoi jeans dove teneva una scorta apparentemente infinita di preservativi per noi.

Con un ringhio, lui assunse il comando in quel modo che adoravo, invertendo le nostre posizioni facendoci rotolare e strappandomi l'incarto di alluminio dalle dita. «Preparati a perdere la testa, Rossa,» mi avvertì.

«Mostrami che sai fare, lupo,» lo sfidai.

19

Mɪ sᴇᴍʙʀᴀᴠᴀ ǫᴜᴀsɪ da coppietta felice il terminare la giornata e guidare fino al ranch degli Sheffield. Riuscivo a vedere la vecchia casa e misi la freccia per svoltare nel vialetto. Volevo una birra fredda e la mia compagna accanto a me sul dondolo in veranda. Per quanto i miei nonni mi avessero lasciato il cottage ed io l'avessi sistemato per renderlo mio, non mi sembrava casa mia. Non come quella di Natalie.

Sapevo che aveva tutto a che vedere con la donna in sé e non con la proprietà. Ci ero passato davanti ogni giorno e non l'avevo mai considerata Casa Dolce Casa fino a quando non avevo trovato la mia compagna. Natalie Sheffield era la mia casa.

Il mio lupo praticamente ululò nel vedere la nostra compagna accanto alla cassetta delle lettere. Non potei non notare le sue lunghe gambe in quei pantaloncini cortissimi di jeans o il modo in cui i suoi seni fossero messi in risalto dalla maglietta attillata. Non aveva grandi pretese e a me piaceva. Era naturale. Fedele a sé stessa e fottutamente perfetta.

Svoltai con l'auto nel vialetto, ma lo parcheggiai accanto alla cassetta delle lettere. Natalie ne chiuse lo sportello e mi raggiunse con un paio di buste in mano. Assottigliò lo sguardo alla luce forte del sole. «Ehi, bellissimo, ti sei perso?»

Il mio lupo non aveva intenzione di permettermi di restare in auto, per cui scesi e mi avvicinai a lei. Lei indietreggiò ed io mi voltai, così che fosse premuta contro la fiancata del mio pickup. Mi piaceva lì, ma girata a quel modo, non aveva il sole negli occhi. I miei erano coperti dal mio Stetson. «Sono proprio dove voglio essere.»

Le sue pupille si dilatarono e lei deglutì. «Avevo intenzione di guardare le cose dello Zio Adam, donare qualche vestito. C'è roba nel seminterrato che si potrebbe far fuori. Ma l'idea dei ragni mi ha fatta desistere, per cui sono venuta a prendere la posta.»

«Mi occuperò io di tirare fuori qualunque cosa ti serva dal seminterrato,» le dissi. La sua paura dei ragni era estremamente irrazionale, ma ero abbastanza furbo da non dirglielo. Trovavo anche carino il fatto che potessi essere il suo cavaliere in armatura scintillante quando si trattava di qualunque cosa nel seminterrato.

«Grazie. Mi ci vorrà comunque del tempo per controllare tutto anche se è accatastato in salotto. Posso farlo questo finesettimana.»

«Hai ricevuto una telefonata da Willow? Le ho dato il tuo numero. Voleva invitarti di persona ad un barbecue alla casa principale. Un'altra scusa per procrastinare.»

Lei annuì, i suoi riccioli che sobbalzavano per poi

svolazzare nella brezza. Non riuscii a resistere dall'allungare una mano e ravviarglielo dietro l'orecchio. «Sì, mi ha chiamata.»

«Penso si senta in colpa per non essere passata da te. So che hai visto Audrey e Becky al Cody, ma nessuno è venuto a darti il benvenuto qui.»

«Tu mi hai dato un *bel* benvenuto,» rispose lei con un ghigno malizioso.

E bastò quello a farmelo venire duro.

«Non hai conosciuto nessun altro del branco a parte Nash. Voglio che tu conosca tutta la gang.»

«Ho conosciuto un altro membro del branco. Se non altro, immagino ne faccia parte a giudicare da dove ha detto di abitare. Un uomo anziano si è venuto qui per presentarsi e offrirsi di comprare la mia proprietà.»

Io mi raggelai, posando le mani sul bordo del cassone del pickup. *Che cazzo?* «Cosa intendi?»

«È passato uno del branco. Il giorno che tu e Nash siete venuti qui la prima volta. Ha detto che mi avrebbe offerto un prezzo onesto nel caso in cui avessi voluto vendere.»

Potevo indovinare chi fosse, ma dovevo esserne certo.

«Come fai a sapere che facesse parte del branco?»

Lei roteò gli occhi, ma, per fortuna, non stava cogliendo il mio umore strano. «Ha detto che viveva sopra il Wolf Ranch. Per cui ho immaginato che fosse così. So che non è passato molto da quando tu hai saputo che ero a conoscenza dei mutanti, ma io lo so da quasi tutta la mia vita. Ormai è piuttosto ovvio, per me.»

Avrei voluto chiederle come fosse ovvio perché, se era chiaro a lei, mi chiedevo se lo fosse a chiunque altro. Ma non era quello ciò di cui volevo occuparmi al momento.

«Si è presentato?»

«Sì, Nathan Brown. Tipo anziano. Pancia grossa.»

Io annuii rigido. «Lo conosco.»

Lei mi scrutò. «Non mi sembri felice.»

Merda, non potevo nasconderle i miei sentimenti. Sarebbe stato impossibile. Nathan Brown si era presentato a casa della mia compagna. «Non mi piace che venga qui. Non è pericoloso, ma è un po' uno stronzo.»

«Cosa vuoi dire?»

«Voglio dire...» Mi sfregai il viso. «Non mi piace che abbia provato a prendersi questo posto. Sembra che stia cercando di invadere il territorio di Rob Wolf, sai? E--» Mi interruppi. Non volevo infettare Natalie con la tossicità delle relazioni del branco.

«E cosa?»

«Nah, lascia stare. Probabilmente non è chissà che cosa.»

A me, sembrava una minaccia. Non palese, ma da mutante. Presentarsi e chiedere di acquistare la proprietà. E quello era stato ancora prima di aver saputo che aveva avuto intenzione di trasformarla in un bed & breakfast. Quindi era sempre stato interessato a quel posto. Lui non ce l'aveva con Natalie. Non ce l'aveva nemmeno con me. Ce l'aveva con Rob, in quanto alfa.

Natalie mi scrutò, accigliata.

Io sospirai. «È complicato. È uno vecchio stampo, e non intendo solo per via dell'età. Si vuole attenere alle sue tradizioni, alle *vecchie* tradizioni del branco. Probabilmente non gli piace il fatto che un'umana possegga la proprietà adiacente ai nostri terreni di caccia. So che non gli piacciono alcune delle cose che sta facendo Rob in quanto alfa.»

Lei si accigliò. «Tipo cosa?»

«Tipo mischiarci agli umani.»

Lei mi fissò, poi mi passò sotto il braccio e tornò alla cassetta delle lettere, per poi voltarsi di nuovo verso di me. «Intendi accoppiarvi con gli umani.» Era rossa in volto.

Merda. Non avrei dovuto dirle di quella divisione nel branco. «Lo sapevo.» Gettò le mani per aria, le lettere che stringeva tra le dita dimenticate. «Te l'avevo detto!»

«Nathan Brown è uno stronzo a cui piace creare problemi. Questo non ha niente a che vedere con te, ovviamente. Il suo interesse qui era nei confronti della tua proprietà. Ma lui è il tipo da prendersela per il fatto che quasi tutti gli accoppiamenti di mutanti negli ultimi due anni circa sono avvenuti tutti con degli umani. Gente come Nathan sostiene che degli accoppiamenti misti significhino indebolire il branco.»

«Intendi i figli?»

«Sì, sia Audrey che Becky hanno avuto dei cuccioli.»

«Cuccioli?»

Io ignorai la sua domanda e proseguii. «Penso che anche Marina ne avrà presto uno. Forse perfino Charlie. Si tratta semplicemente di un trend in una direzione che Nathan non vuole che il branco intraprenda.»

Non accennai al fatto che fosse contrario al B&B. Non aveva importanza. Natalie non voleva gestirne uno. Non mi serviva essere un esperto per capire che non era nelle sue corde. Era un modo per fare dei soldi, ma lei era abbastanza intelligente e intraprendente da trovare un'alternativa. Una che la rendesse entusiasta di alzarsi la mattina. Che la soddisfacesse. Non si trattava di aspettare dei turisti, quello era certo, cazzo. Proprio come non si trattava di preparare drink al Cody.

Il problema di Nathan con il B&B riguardava in realtà la leadership di Rob, nemmeno il bed & breakfast vero e proprio, se mai fosse avvenuto. Stava cercando un modo di sfidare Rob riguardo le sue decisioni.

Tuttavia, Nathan era andato dalla mia compagna. Non

sarebbe stata una pedina nei suoi problemi col branco. Non mi piaceva. Affatto, cazzo.

«Senti, Nathan Brown non è il comitato d'accoglienza che né io né l'alfa avremmo voluto farti trovare. Se dovesse tornare qui, voglio che tu me lo faccia sapere subito, okay? Non mi piace l'idea che lui passi di qui in qualunque momento gli vada a genio.»

«Okay,» disse Natalie.

«Andremo al barbecue e vedrai come sono gli altri. Quelli che *importano*.»

Natalie annuì. «D'accordo.»

«Brava ragazza. Salta in auto. Ti riporto a casa dove ho voglia di una birra e di un po' di baci da parte della mia donna.»

Quando lei si voltò per fare il giro dal lato del passeggero, io le diedi una piccola sculacciata. Lei trasalì e si guardò alle spalle. Non era più arrabbiata, bensì sorpresa. Ed eccitata.

Io sogghignai. «In realtà, la birra può aspettare. Voglio la mia donna.»

20

ATALIE

UN PAIO di giorni più tardi, ero ricoperta di polvere di cartongesso per aver aiutato Rand con l'impianto elettrico. Dovetti chiedermi se quel progetto sarebbe mai terminato e stavo decisamente mettendo in dubbio la mia idea di rinnovare altre parti della casa. Non ero tipa da farmi i lavori da sola e non ne sapevo nulla di rifare un impianto elettrico di una casa a parte il fatto che, quando accendevo qualcosa, gli arrivava della corrente.

Tuttavia, mi dispiaceva che Rand stesse svolgendo tutto quel lavoro durante il suo tempo libero, che non era molto. Lavorava duramente con Nash nella loro impresa edile. L'ultima cosa che avrei voluto fare nelle mie ore libere sarebbe stata rifare l'impianto di una vecchia casa, ma lui era determinato a metterla in sicurezza. Quanto meno dal punto di vista elettrico. E dei ragni. Stava facendo trasferire tutti quelli che trovava.

«Dovrai prenderti i miei soldi uno di questi giorni.» Mi appoggiai alla parete. Rand ci aveva fatto cinque buchi così da poter tirare il cavo lungo la stanza dall'interruttore alla presa.

Lui era accucciato accanto ad una presa di corrente e sollevò lo sguardo su di me. «Tu sei mia, Rossa. Il che significa che mi prendo cura io delle tue necessità.»

Nonostante il calore che mi accesero quelle parole dentro, mi rifiutai di cedervi. Mi scostai dalla parete, posandomi le mani sui fianchi e lanciandogli un'occhiataccia. «So prendermi cura di me stessa, grazie,» sbottai. «E questa casa non è una faccenda che devi accollarti tu. Pagare un sacco di soldi per una cena e un film. È questo che dovrebbe fare un fidanzato, non rifare tutti gli impianti della casa di una donna.»

Lui sogghignò e si alzò lentamente in piedi per venire da me. «Un fidanzato? Io voglio essere molto più di quello, cara.»

«Un amante, allora.»

Lui si chinò e infilò il naso nel mio collo. «Quello decisamente.»

Rabbrividii al modo in cui il suo fiato mi colpì la pelle delicata.

«Io sono il tuo compagno. Mi prendo cura di te.»

Piegai la testa di lato, insicura se concedergli più spazio o allontanarmi. «Vuoi anche batterti il petto mentre lo dici?»

Lui rise e si raddrizzò. «Sei stata nel mio letto tutte le notti per ben più di una settimana. Ti ho detto che cosa sei per me. Che cosa significa. Mi sono perfino trattenuto cercando di essere più... umano e meno lupo.»

Io emisi un verso incomprensibile a metà tra uno sbuffò e un grugnito.

«Adoro questa casa. Ci lavorerò, non solo perché è tua e

tu sei mia, ma perché si merita di essere riportata in vita. Di brillare. Tuo zio lo vorrebbe. Diamine, secondo me vorrebbe perfino questo. Che noi ci lavorassimo assieme.»

Io lo fissai, la bocca spalancata, insicura di come rispondere. Effettivamente aveva senso, per certi versi. Lo Zio Adam aveva *saputo* che ci saremmo messi insieme così? Mi aveva dato quella casa per... per cosa?

Sembrare un'idiota?

Sospirai. «Che ne dici di fare così? Il tuo tempo lo gestisci come vuoi, però io pago il materiale. D'accordo?»

«Puoi pagare anche me. Ho alcune idee su come potresti farlo.»

Io non potei fare a meno di sogghignare della sua battuta. «Oh? E quali sarebbero?»

Il suo cellulare squillò e lui sospirò, tirandoselo fuori dalla tasca con le dita impolverate.

«Ciao, Marina. Sì, è qui con me.» Mi lanciò un'occhiata. «Sì, aspetta.» Mi passò il telefono.

Io guardai Rand confusa. «Pronto?»

«Natalie, ciao, sono Marina. Sono la sorella di Audrey, accoppiata con Colton. Mi spiace che non ci siamo ancora conosciute.»

«Non importa,» dissi io.

«Devi darmi il tuo numero perché è strano doverti rintracciare tramite Rand.» Trasse un respiro profondo. «Audrey mi ha detto che suoni il violino e che hai conosciuto i Gatti del Fienile l'altra sera.»

«Sì.»

Rand si appoggiò alla parete e incrociò le braccia al petto. Immaginai che fosse incuriosito dal motivo per cui Marina mi stesse chiamando.

«Ti chiamo perché ho preparato una torta per un matrimonio che avrà luogo stasera. I Gatti del Fienile devono suonare al ricevimento, ma uno di loro, Tom, è malato e non può presentarsi. Un ricevimento ha bisogno di una band e mi chiedevo se saresti stata in grado di sostituirlo.»

Io cercai di tenere il passo con tutto quello che mi aveva detto. «Vuoi che rimpiazzi i Gatti del Fienile?»

Rand si passò una mano sulla nuca e il suo volto si aprì in un sorriso.

«No. Voglio che rimpiazzi Tom. Che suoni *con* i Gatti del Fienile.»

«Oh. Um...» Sbattei le palpebre guardando Rand. «Vuole che suoni con i Gatti del Fienile,» gli dissi.

«Hai detto che suonavi il fiddle con tuo zio.»

«Sì, ma è stato tanto tempo fa,» protestai.

«Cosa?» mi chiese Marina.

«Scusa, aspetta un attimo, okay?» le dissi, poi abbassai la mano col cellulare lungo il fianco.

«Sarebbe facile per te, no? Suoni meglio di tutti loro messi insieme,» disse lui.

Davvero? Mi sembrava ancora di essere la peggior violinista del mondo a giudicare dalle costanti critiche del mio professore. Ma forse aveva ragione. Quella era una piccola band bluegrass di paese. «Potrei suonare con loro, sì.» Dubitavo di farlo meglio, però.

Lui mi accarezzò la guancia con una nocca. «Fallo per divertimento. Fallo per i Gatti del Fienile. Faresti loro un favore. E agli sposi.»

Io annuii, poi mi riportai il cellulare all'orecchio. «Okay, Marina.»

«Oh, fantastico. Puoi arrivare al Greystoke Lodge alle sei?»

«Sono sicura che Rand sappia dove si trova.»

Marina concordò e riagganciò.

Io mi toccai i capelli. «Ho bisogno di una doccia e di un navigatore. Non ho idea di dove sto andando.»

«Suonerai il fiddle con i Gatti del Fienile? Rossa, non mi perderei quel divertimento per nulla al mondo.»

———

TRE ORE PIÙ TARDI, accostammo di fronte da un piccolo hotel situato accanto ad una bella ansa del fiume. Era a due piani e si estendeva in larghezza, con una veranda e delle persiane nere. Dei vasi di fiori rossi decoravano le finestre del primo piano. Agli alberi erano avvolti dei nastri bianchi che li univano a formare un sentiero che portava ad un patio con circa trenta o quaranta ospiti. Accanto all'entrata laterale dell'hotel avevano piazzato un bar e dei camerieri portavano in giro vassoi di antipasti. La bella torta nuziale di Marina era in bella vista ad un tavolo disposto da solo all'ombra. Non potei non notare la sposa nel suo bell'abito e stivali da cowgirl e lo sposo coi suoi abiti western al suo fianco. Un'arcata in legno era ricoperta di rose bianche e dovetti immaginare che fosse stato l'altare.

Scendemmo dall'auto e una donna ci si avvicinò. Aveva dei lisci capelli neri raccolti in una coda e indossava dei jeans e una maglietta nera con il disegno di una torta dorata davanti.

«Ciao, Rand!» esclamò, ma mantenne lo sguardo su di me. «La vera Natalie Sheffield. Adoro il tuo vestito.»

Ero abituata a indossare dei pantaloni neri o una gonna e una camicia bianca per i concerti, ma lì eravamo nel Montana e, se c'erano i Gatti del Fienile a suonare, il matrimonio non era formale. Avevo scelto un lungo abito svolazzante verde scuro. Semplice, ma un tantino elegante. Mi ero raccolta i capelli così che non mi dessero fastidio.

«Sono così contenta di conoscerti, finalmente. Sono Marina.»

Io le rivolsi un cenno del capo dal momento che tenevo tra le braccia la custodia del violino. «Anche per me.»

«Grazie mille per essere venuta. Ti presento--» Al suono di voci maschili, si voltò di scatto. «Oh, be', come non detto. I ragazzi possono presentarsi da soli.»

Tre uomini, che riconobbi tutti dal Cody, vennero verso di me. «Assomigli a tuo zio,» disse uno di loro, con un sorriso in volto. Era grosso, come un orso, coi capelli grigi. «Io sono Kurt. Loro sono Sam e Joe.»

«Ciao,» dissi io. «Penso di ricordarmi di avervi visti suonare una volta da piccola. E anche l'altra sera, al Cody.»

«Ma dai? Be', tuo zio ha suonato con noi fino a quando l'artrite alle mani non l'ha costretto a smettere.»

Io spalancai gli occhi. «Davvero?» Non avevo idea che lo Zio Adam avesse suonato in una band. Guardai Rand, che fece spallucce.

«Ho sentito dire che te la cavi,» disse Joe. Aveva dei folti capelli bianchi che gli stavano su in una maniera che mi ricordava Doc di *Ritorno al Futuro*.

Marina aveva detto che Audrey le aveva detto che suonavo. Non aveva idea se fossi brava o meno. Ciò significava—Guardai di nuovo Rand. «Hai raccontato loro di me?»

Lui mi posò una mano sulla schiena, accarezzandomi delicatamente su e giù e facendomi l'occhiolino. «Ho detto loro che hai un talento naturale per il fiddle.»

«Non l'ho suonato poi così tanto, ma farò del mio meglio,» confessai. Non avevo mai suonato il fiddle in pubblico prima di allora e decisamente non in una band.

Kurt mi diede una pacca sul braccio. «Sarai fantastica. Lo so.»

Come, non ne avevo idea.

«Dal momento che ci hai sentiti l'altra sera, sai come suoniamo. È arrivato il momento di prepararci e cominciare,» aggiunse, e tutti si avviarono lungo il sentiero che portava al ricevimento.

Io mi accodai e diedi un bacio a Rand. «Grazie,» gli dissi.

Lui sorrise. «Cara, non rifiuterò mai uno dei tuoi baci, ma per costa mi stai ringraziando?»

«Per aver creduto in me.»

Il suo sguardo si ammorbidì. «Sempre. Ora va' sul palco e mostra a tutti quanto è fantastica la mia donna.»

Mi infilai la custodia sottobraccio così da poterlo tenere per mano. Mentre raggiungevamo gli altri, mi resi conto che non aveva detto *la mia compagna*. No, aveva detto *la mia donna*. Stava cercando di fare roba da umani, di non lasciar trapelare troppo il suo lupo.

Lo amavo. Davvero. E questa ne era semplicemente la prova.

Dieci minuti più tardi, i Gatti del Fienile cominciarono la loro prima canzone. Io avevo il violino sotto il mento e ascoltai per qualche secondo, dopodiché battei il piede a tempo. Kurt mi guardò ed io mi inserii, aggiungendo un altro livello alla melodia. Suonai in maniera semplice e restando per un altro minuto in sottofondo. Poi Joe mi rivolse un ghigno ed io aumentai il ritmo, inserendomi nella canzone. Sfogandomi completamente. Colsi il ritmo, lasciai che la musica mi scorresse dentro. Guardai tutti gli altri e trovammo un'armonia. La sposa e lo sposo cominciarono a ballare e presto degli altri si unirono a loro. Rand attirò Marina—che doveva essere stata invitata a restare dal momento che aveva creato la torta—tra le sue braccia e si esibirono in un paio di giravolte.

Tutti stavano applaudendo e battendo i piedi,

divertendosi un mondo. *Anch'io* mi stavo divertendo un mondo.

Kurt fece cenno di terminare la canzone. Tutti quanti ci fecero un applauso. «Ti diverti?» mi chiese Kurt.

Io non potei fare a meno di sorridere apertamente. «Un mondo.»

«Ci sai fare con quell'affare,» disse Joe. «Potremmo doverti trovare un posto nella band.»

Io scossi la testa. «Sono sicura che Tom si riprenderà presto.»

«Sì, ma tu ti unirai a noi. Benvenuta nella band.»

Era bello sentirsi tanto desiderata. Niente curriculum. Niente colloqui. Nulla di elaborato. Solamente accettazione. Un po' come Rand. Lui l'aveva semplicemente saputo. E lo stesso valeva per quei ragazzi.

«Non sono sicura--»

«È il momento di ricominciare,» disse Kurt interrompendomi. Io guardai gli ospiti che attendevano impazientemente dell'altro.

Guardai Rand, che aveva gli occhi fissi su di me. Solamente su di me. Mi fece l'occhiolino mentre gli altri davano il via ad una nuova canzone.

Ecco, era quello. Proprio lì. Aggiunsi il mio violino alla musica e mi lasciai andare del tutto. Non mi preoccupai di nulla se non di divertirmi.

21

NATALIE PORTÒ FUORI un vassoio di brownie quando passai a casa sua per portarla al barbecue da Rob. Aveva i capelli raccolti sulla testa in uno spesso chignon e mi fece quasi venire voglia di riportarla in casa per farmela prima di uscire. Non che avrei detto che gli chignon mi avessero mai stuzzicato in passato, ma qualunque cosa indossasse o facesse Natalie sembrava eccitarmi e ogni cambiamento d'abito o d'aspetto di lei non faceva che rapirmi ancora di più. E la lunga linea del suo collo mi faceva venire il cazzo duro e l'acquolina alla bocca dalla voglia di marchiarla.

Il mio lupo era nervoso all'idea di portarla in mezzo ad altri lupi quando non era stata rivendicata—nonostante quasi tutti i lupi presenti fossero già accoppiati. E non era che Nash o Johnny avrebbero provato a invadere il mio territorio. Nash sapeva come stavano le cose e Johnny era decisamente troppo giovane.

Ad ogni modo, la logica non aveva nulla a che vedere con quel folle istinto possessivo che provavo sempre con la mia compagna.

La mia compagna che non aveva ancora accettato il fatto di essere mia.

Ci stavamo avvicinando, però, o almeno quella era la mia sensazione. Non sapevo quanto le ci sarebbe voluto per decidere, ma era palese che provasse qualcosa per me. Non mi sbottava più contro. Non mi scrutava dubbiosa. Stavo imparando cosa le facesse brillare gli occhi o addolcire lo sguardo. Le piaceva quando notavo qualcosa in lei, quando le prestavo attenzione. Le piaceva quando le mostravo supporto. Le piaceva che la aiutassi in casa sebbene farlo troppo la mettesse a disagio. Stava cominciando ad apprezzare la mia presenza costante alla chiusura del Cody. Riuscivo a vedere il suo volto illuminarsi quando entravo ed aveva una certa leggerezza mentre guizzava dietro il bancone, fermandosi spesso a parlare con me o solamente a condividere un sorriso.

Sembrava che non le piacesse non sentirsi alla pari con me, se dovevo tirare a indovinare. Voleva costanza da me. Costanza nel metterla al primo posto, il che non era difficile ed era ciò che avevo fatto sin dall'inizio. Era una fregatura perché ero *io* quello che non si sentiva alla pari con lei e lei non ne aveva la minima idea.

Mi teneva letteralmente per le palle.

«Quante persone hai detto che ci sarebbero state?» mi chiese, abbassando lo sguardo sui brownie come se non fossero stati abbastanza.

«Dammi un bacio, cara,» dissi io. Parte della costanza era baciarla e toccarla ad ogni occasione possibile, sapere che l'avrei sempre desiderata. Non mi era difficile. Cazzo, no. Lo volevo anch'io. Volevo le sue labbra, tutto il suo corpo, tutto il cazzo di tempo.

Lei mi prese la mandibola e mi diede quel fottuto bacio.

«Non troppi, praticamente i Wolf e le loro compagne. Clint e Becky. Nash. Oh, anche Charlie e Levi. Non essere nervosa, Rossa. Ti adorano già,» le assicurai.

Lei roteò gli occhi. «Cosa? Reagiscono anche loro al mio odore?»

Io ridacchiai. «No, ma sanno che sei la mia compagna. Ciò significa che sarai una di noi, ormai. Non appena deciderai di essere pronta.»

«Pronta a permetterti di marchiarmi,» chiarì lei. Becky e Audrey avevano condiviso con lei il processo di marchiatura e lei aveva avuto un sacco di domande da pormi subito dopo.

Annuii, scrutando attentamente il suo volto alla ricerca di qualunque segnale che mi indicasse che fosse pronta.

Lei mantenne un'ottima espressione imperscrutabile. Dovevo tenere a bada il mio lupo e il mio cazzo. Di nuovo.

«Comunque, tutti ti adoreranno perché lo faccio io e anche perché sanno che gli faresti letteralmente il culo se non si comportassero a dovere.»

Natalie sorrise. «Sei ridicolo,» disse con quel tono caldo che mi faceva sentire alto come una montagna.

«Andiamo.» Le porsi una mano e le presi i brownie, rubando un altro bacio prima di accompagnarla alla mia auto. «Non vedo l'ora di metterti in mostra.»

Lei roteò di nuovo gli occhi, ma un sorriso davvero adorabile le tese le labbra. Aprii la portiera del pickup e la aiutai a salire prima di fare il giro dalla mia parte. La casa di Rob era abbastanza vicina da raggiungerla a piedi, ma Natalie aveva le infradito che si abbinavano ad un paio di pantaloncini azzurri. E poi, eravamo già in ritardo.

«Ci saranno anche i miei genitori,» ammisi quando salii in auto, posando i brownie sulla console in mezzo a noi. Non volevo stressarla, ma non mi sembrava nemmeno giusto non dirglielo.

Lei si portò una mano ai capelli e abbassò l'aletta parasole per guardarsi nello specchietto. «Cosa? Eek! Non sono pronta per quello!»

Io rimisi l'aletta parasole al tuo posto. «Sei bellissima. Sono molto gentili e ti adoreranno proprio come sei.» *Come me.* Avviai l'auto e le offrii un sorriso incoraggiante. «Non preoccuparti. Ti divertirai un mondo.»

Ero piuttosto certo che così sarebbe stato, ma, se dovevo essere sincero, ero nervoso quanto lei. E se non le fosse piaciuto il branco? La mia famiglia? I miei amici? Era impossibile che mia mamma non piacesse a qualcuno, ma da quanto mi aveva raccontato Natalie dei suoi genitori, non ero sicuro che avrebbe accettato una sana dose di amore materno. Loro erano tutta la mia vita. Lo erano sempre stati.

Guidai lungo la strada che portava a casa di Rob e parcheggiai nel vialetto circolare di fronte ad essa assieme agli altri pickup. Levi, un aiutante del ranch di vecchia data e adesso nuovo sceriffo di Cooper Valley, e la sua compagna, Charlie, se ne stavano davanti a casa con Clint e Becky, a guardare con amore Violetta.

Io parcheggiai, feci il giro e aprii la portiera a Natalie. Lei tenne stretti i brownie come una specie di scudo.

«Ehi, ragazzi.» Strappai Violetta alle braccia di Becky e lanciai la mia nipotina in aria. La bambina rise e strillò, la sua faccia da cherubino di quelle che avrebbero potuto sciogliere il cuore anche dei più malvagi. «Lei è Natalie Sheffield—la *vera* Natalie,» dissi con un sorriso.

Lei porse la mano e strinse quella di Clint. Io feci una

pernacchia nel collo di Violetta prima di ridarla a sua madre.

«Lui è mio fratello, Clint,» dissi, indicandolo. «Hai già conosciuto la sua compagna, Becky.»

«Ciao di nuovo,» disse Natalie.

«E lo sceriffo, qui, è Levi. La sua compagna, Charlie, è la nostra veterinaria.»

Si strinsero la mano e si salutarono.

«Suo nonno sta probabilmente girovagando da queste parti, conoscerai anche lui.»

«Se dovessi vedere un cane, sarà con mio nonno,» disse Charlie.

«È un vero piacere conoscerti,» disse Clint. «Siamo felici che tu sia venuta a Cooper Valley. Non era bello vedere casa tua vuota ogni volta che ci passavamo davanti.»

«Be', grazie per averla tenuta d'occhio,» disse Natalie.

Clint le fece un cenno col cappello. «Era il minimo che potessimo fare. Il Vecchio Sheffield è stato un ottimo vicino per noi.»

«Forza, andiamo a prenderti una birra.» Condussi Natalie all'interno della grossa casa del ranch, lungo il corridoio e fino in cucina, dove lei posò i brownie sul lungo tavolo in legno che era già coperto di un'altra dozzina di pietanze. Nessuno pativa mai la fame ad un barbecue dei Wolf.

Marina stava tirando fuori dal forno una teglia di quelli che dall'odore sembravano biscotti al formaggio. «Ciao, Natalie! Piacere di rivederti,» cinguettò, il volto arrossato per via del calore del forno. Colton era appoggiato ad una parete lì accanto, le braccia incrociate al petto come se fosse stato la sua guardia del corpo personale. «Lui è Colton e gli stavo giusto dicendo quanto fossi stata brava l'altra sera.»

Natalie strinse la mano a Colton.

«Benvenuta, Natalie. Sono felice che tu sia riuscita a venire. A giudicare da quanto mi ha detto Marina, devi suonare per tutti noi.»

«Oh, io... uh, non ho portato il violino.»

Colton sogghignò, poi mi lanciò un'occhiata. «Non preoccuparti. Parteciperai a molti altri incontri. Le bevande sono in un frigo sul retro. Serviti pure.»

Natalie gli rivolse un sorriso sollevato. «Grazie.»

I miei genitori entrarono nella stanza in quell'istante e si raggelarono. Ci fissarono, dopodiché sorrisero. Non un sorriso normale—uno a trentadue denti. Mia mamma spalancò le braccia. «Ecco la--»

Io scossi subito la testa, cercando di farle cenno di darci un taglio.

«Oops. Troppo?» Mia mamma si portò una mano alla bocca e lasciò cadere l'altro braccio.

Natalie rise e la abbracciò. «Ciao. Piacere di conoscervi. E non è troppo. Non sono abituata a così tante persone che vogliano conoscermi.»

Sebbene sapessi che stava dicendo la verità, non potei non notare l'imbarazzo tra di loro.

«Come probabilmente potrai aver indovinato, lei è mia mamma, Janet, e lui mio papà, Tom.» Andai da mia mamma e le diedi un bacio sulla guancia.

«Lo voglio anch'io quell'abbraccio,» disse mio padre, avvolgendo Natalie in una stretta da orso. «Qualunque donna sopporti Rand e il suo lupo ha bisogno di un abbraccio.»

Quello ruppe il ghiaccio perché Natalie ridacchiò davvero. Fu a mie spese, ma non me ne fregava un cazzo.

«Scusate,» dissi, strattonandola per mano per rubargliela. «Io e il mio lupo vogliamo andare a metterla in mostra.»

Loro ci indirizzarono fuori dalla porta sul retro.

«Sono solamente emozionati,» le sussurrai una volta fuori.

«Per noi,» mi fece eco Natalie come se fosse stata ancora un tantino scioccata.

«Scusa, cara.»

Lei mi strinse la mano. «No, no. Non scusarti. Sono dolci. È solo che non sono abituata alla dolcezza. I miei genitori sono dei pessimi esseri umani.»

Già, proprio come avevo pensato.

Willow e Rob stavano sistemando delle sedie pieghevoli attorno ad un paio di lunghi tavoli.

«Natalie!» esclamò Willow con un cenno della mano.

Io mi chinai e le sussurrai il suo nome. Natalie sorrise e avanzò verso di lei. «Che bello conoscerti di persona.»

«È vero, voi due vi siete parlate prima che Willow venisse qui fingendosi te, giusto?»

«Sì, abbiamo parlato un paio di volte al telefono per organizzare la cosa. Immagino che ci assomigliamo un po'.» Natalie scrutò Willow.

«Be', abbastanza considerando che nessuno da queste parti ti vedeva da quando avevi dieci anni,» disse Willow. «Sebbene la mia fine sia stata il violino. È così che mi hanno scoperta. I Gatti del Fienile stavano suonando qui e volevano che salissi sul palco per unirmi a loro.»

«Oh no!» Natalie si portò una mano alla bocca.

«Natalie ha suonato con loro l'altra sera, per cui ha rimediato alle tue... mancanze.»

Willow roteò gli occhi e mi diede un colpo sul braccio.

Natalie sollevò il viso verso di me. «Aspetta... tu hai conosciuto Willow quando era sotto copertura e hai pensato che fossi io? Sei stato tu a vedermi da bambina.»

«No,» giurai. Mi era palese che quell'idea infastidisse

Natalie, il fatto che potessi averla confusa con la compagna di Rob. «Non l'ho conosciuta fino a quando non si è scoperto che non eri tu. Se l'avessi fatto, sicuramente non mi avrebbe fregato.» Le diedi un colpetto sul naso. «Tu sei indimenticabile, Rossa.»

Le feci l'occhiolino e lei roteò gli occhi, dandomi un colpo col fianco.

Rob si avvicinò facendo passare un braccio attorno alla vita di Willow. «Natalie. È un piacere conoscerti. La vera te —non che non sia stato ancora più bello conoscere la finta te.» Attirò stretta a sé la sua compagna e inalò il suo odore come se fosse servito a tenerlo in vita.

Per certi versi, era così. I lupi maschi alfa che non si accoppiavano correvano il pericolo del delirio da luna piena, e si diceva che Rob ci fosse stato pericolosamente vicino quando era arrivata Willow. Per cui, lei poteva avergli letteralmente salvato la vita.

Natalie rise e gli porse la mano. «Mi presenterò semplicemente come *la vera Natalie* da queste parti.»

«Rob Wolf, il tuo vicino,» disse lui, stringendogliela.

«E il nostro alfa,» aggiunsi io nonostante l'avesse già saputo.

«Mi pare di aver capito da Rand che tu e tuo zio avete protetto il nostro segreto per anni,» disse Rob. «Siamo in debito con voi.»

Natalie arrossì. «Non ero nemmeno sicura che quella storia fosse vera, ad essere onesti. Una bambina di dieci anni ha una forte immaginazione. Ma è un segreto di cui sono onorata di essere a conoscenza.»

Rob mi scrutò prima di riportare la propria attenzione su Natalie. «Allora, cosa pensavi di fare della tua proprietà?»

Io mi irrigidii a quella domanda diretta. Quei ragazzi

sicuramente non sapevano come fare due chiacchiere, cazzo.

La verità era che non avevo sostenuto affatto alcuna conversazione seria con Natalie riguardo la sua idea del bed & breakfast. Sapevo che avrei dovuto farle cambiare idea per il bene del branco, ed ero piuttosto certo che potessi farlo se fosse stata una cosa che avesse davvero voluto fare, ma come il rivendicarla, non era una cosa che potessi affrettare. Dire a Natalie che non poteva fare una cosa era un modo certo per fargliela fare.

Sia Rob che Natalie sembrarono notare la mia reazione, perché mi lanciarono occhiate incuriosite.

«Be', stavo prendendo in considerazione l'idea di aprire un bed & breakfast,» rispose lei. «Si tratta di una casa e di una proprietà immense ed io non ne so nulla del gestire un ranch.»

Rob si sistemò il cappello sulla testa, lanciandomi un'altra occhiata. «Potrebbero esserci altre opzioni. Potremmo affittare i tuoi terreni come pascoli,» buttò lì, come se fosse stata un'idea che gli fosse appena venuta in mente. Non era cattiva, anche se avesse dovuto scegliere di non aprire il B&B. Avrebbe potuto cominciare a guadagnare dei soldi subito e non avrebbe dovuto preparare drink tutta la notte.

Qualcuno fece schioccare la lingua alle spalle di Rob facendoci voltare tutti.

Quel fottuto Nathan Brown se ne stava lì come un gatto che si era appena mangiato il canarino. «È questa la tua definizione del gestire la ragazza?» disse con scherno.

Natalie mi rivolse un'occhiata allarmata. «Chiedo scusa?» chiese.

Io strinsi le mani a pugno lungo i fianchi. Non ero andato a farmi una *chiacchierata* con lui per il fatto che si fosse presentato a casa della mia compagna. Ora avrei voluto averlo fatto.

Rob arricciò il labbro superiore. «Nathan. Non mi ricordo di averti invitato a questo barbecue.»

«Non sapevo che avessi bisogno di un invito per presentarmi. Ho visto le auto e ho pensato di passare a salutare.»

«Be', è una riunione privata—per dare il benvenuto alla nostra nuova vicina,» disse Willow, con voce fredda. Qualcuno degli altri si avvicinò. I miei genitori uscirono dalla cucina.

«Sì, la nuova vicina. Quella che ho appena sentito dire che ha ancora intenzione di aprire un bed & breakfast accanto ai terreni del branco.» Nathan rivolse il suo sguardo a Natalie ed io ringhiai. Stava rigirando le sue parole.

Rob allungò di scatto una mano per impedirmi di avanzare.

«Aspettate—che sta succedendo qua?» volle sapere Natalie.

Nathan rivolse il proprio sguardo virtuoso su di lei. «Il tuo compagno non ti ha ancora spiegato come stanno le cose?» Annusò l'aria un paio di volte in direzione di Natalie. «Oh—mi correggo. Non vi siete ancora accoppiati.» Il suo sorriso compiaciuto si spostò su di me. «Non hai ancora chiuso quella questione, Rand?»

Il mio ringhio provenne dritto dal mio lupo.

«A cuccia,» abbaiò Rob con un comando alfa, facendomi cedere le gambe.

Ma quel fottuto Nathan non aveva finito. Rivolgendosi a Rob, disse, «Non penso che i tuoi ragazzi siano in grado di gestire nessuno dei compiti che gli affidi.»

Ora toccò a Rob ringhiare, ma Willow si frappose tra loro, posando una mano sul petto di Nathan e facendolo indietreggiare decisa verso il vialetto. Donna saggia. Nathan non si sarebbe messo a lottare con una femmina e Willow aveva la forza di una lupa ed era addestrata al combattimento. «L'alfa ha la questione sotto controllo, ma la tua immensa mancanza di diplomazia potrebbe aver appena rovinato tutto. Ora ti suggerisco di salire in macchina e allontanarti prima di venire rimesso al tuo posto di fronte a tutti i membri del branco qui presenti. Muoviti.» Gli diede uno spintone quando arrivò al vialetto circolare.

Non aveva bisogno di rinforzi, ma Levi, Colton e Clint si misero tutti quanti alle sue spalle.

Io ero talmente concentrato sul non uccidere Nathan che fu solo allora che mi resi conto del mio problema più grosso. Di quale enorme, colossale errore avessi commesso.

Natalie aveva le mani sui fianchi e mi fissava con delle lacrime di rabbia che le brillavano negli occhi. «Cos'è questa storia, Rand? Mi state *gestendo*?»

«Aspetta un attimo, Rossa--»

Allungai una mano verso di lei, ma lei mi spintonò via. Non mi spostò fisicamente, ma lo sentii fin nelle profondità della mia anima. Il mio lupo ululò. Tutti al barbecue ci stavano guardando, ormai, ma i miei occhi erano fissi su quelli addolorati di Natalie.

«Sei stato cosa? Mandato da Rob ad assicurarti che non aprissi un bed & breakfast? È così? È per quello che ne sei stato tanto incuriosito il primo giorno? E tutti i giorni da allora?»

Io sollevai le mani per fermarla. Stava fraintendendo tutto. «Aspetta solamente un attimo. Non è così.»

«Non lo è?» Lei si voltò di scatto verso Rob, che se ne stava ancora lì in piedi, a disagio. «Cos'avrebbe dovuto fare Rand con me? Quale *compito* gli hai assegnato?» volle sapere.

Rob si sfregò la faccia, continuando a spostare lo sguardo su Willow che stava supervisionando la partenza di Nathan. Clint e Levi erano al suo fianco. «Rand ha ragione, non è così.»

Una lacrima scese sulla guancia di Natalie perché stava riempiendo tutti gli spazi vuoti da sola. Io quasi morii dalla consapevolezza che quella situazione si stesse tramutando in un enorme disastro e che la stesse ferendo. «Di cosa si è sempre trattato, Rand? Dovevi accoppiarti con me, così che il branco potesse avere la mia proprietà?» Il dolore nella sua voce mi distrusse.

Spalancai gli occhi di fronte alla piega che stava prendendo quella discussione. «Cosa? No, no, no.» Agitai le mani nella sua direzione, cercando di avvicinarmi, ma lei si limitò a spostarsi.

«Allora cosa?»

«È solo che--» Il panico mi fece strozzare. Non riuscivo a pensare ad una sola parola per sistemare quella faccenda. «Avevo intenzione di parlarti. Di farti cambiare idea sul B&B. Tutto lì.»

Natalie si strinse lo stomaco come se si fosse sentita male. «Dio, ti ho sempre detto che era il tuo lupo quello interessato a me. Ora so perché. Hai detto che il tuo alfa era d'accordo sull'accoppiarsi con un'umana, ma viverci accanto? O averne che entrano e escono dalla proprietà vicina? Già, mi hai fregata fin dall'inizio. Lo sapevo che non era reale.» Il suo volto si contrasse in una smorfia.

«È reale!» ruggii io.

Con la coda dell'occhio, vidi alcune delle femmine avvicinarsi—Marina, Becky e Audrey.

«Sei stato mandato dal tuo branco. Dal tuo alfa.» Scosse la testa. «Io ero... un *compito*.» Natalie si allontanò barcollando ed io scattai all'inseguimento.

«Tu non eri un compito!» urlai. «Tu sei la mia compagna!»

«Per quello che sembra a me, l'accoppiamento è come una titolarità. Tu lo chiami rivendicazione. Avresti dovuto rivendicarmi, così che il branco potesse appropriarsi dei miei terreni.»

«Questo non è vero,» intervenne Rob.

«Non lo è,» la supplicai io. «È amore, Natalie. Ti implorerei di rivendicarti anche se vivessi sotto un ponte. Lo giuro sul destino.»

«Non è amore,» disse lei, scuotendo la testa, le lacrime che le scendevano lungo le guance. «Non so che cosa sia, ma è decisamente qualcosa di diverso. Questa cosa non può funzionare, Rand.»

«Parliamone,» la implorai.

«Avete tutti parlato tra di voi. Avete pianificato per bene ciò di cui avevate bisogno da parte mia. Non c'è altro da discutere.» Girò i tacchi e si allontanò in direzione dei suoi terreni.

Io avrei voluto raggiungerla, attirarla a me, portarla in un posto privato così da poter capire come dimostrarle la verità, ma sapevo che il mio tocco non era bene accetto. Per cui mi rassegnai a seguirla da lontano. «Natalie, funzionerà,» esclamai. «Non siamo poi così diversi.»

«*Non seguirmi,*» sbottò lei mentre mi lanciava un'occhiata di fuoco da sopra la spalla, agitando una mano. L'odore delle sue lacrime mi privò di qualunque aggressività.

«Natalie,» emisi strozzato. Il mio lupo ululava, frustrato e arrabbiato per il fatto che non volesse sentir ragioni.

«Non posso farlo,» la sentii dire più a sé stessa che a me, ma il mio udito da lupo la sentì forte e chiaro.

«Lasciala andare.» Becky mi prese per un braccio. «Ha bisogno di spazio adesso.»

Il mio lupo ululò ancora.

«Natalie,» gracchiai di nuovo, guardandola allontanarsi. «Ti prego, resta.»

La sentii singhiozzare e lei prese a correre, seguendo il sentiero che conduceva a casa sua.

«Cazzo,» gemetti, incapace di fare altro se non lasciarla andare.

Qualcuno mi posò una mano sulla spalla—Rob, forse.

«Cazzo,» ripetei io e mi accasciai in ginocchio.

La mia compagna se n'era andata.

Avevo rovinato tutto.

22

ATALIE

Corsi per tutto il tragitto fino a casa mia, le mie infradito che sbattevano sulla terra. Dopo aver scavalcato la recinzione in fil di ferro che delimitava la mia proprietà, mi fermai e vomitai.

Non riuscivo a credere di essere stata un *compito* per Rand.

Il branco l'aveva mandato a fare amicizia con me. Ad accoppiarsi con me.

Ma che cazzo? Sapevo che non avrebbe funzionato. Che non era possibile che un mutante potesse amare, non quando era controllato dal suo lupo.

E Rand mi aveva usata! Aveva messo il suo branco al primo posto. Io ero solamente una pedina. Diavolo, se non fossi stata io ad ereditare il terreno, ci sarebbe stato lo stesso problema. Se *quella* persona avesse voluto avviare un B&B, Rand sarebbe stato comunque mandato lì a impedirlo.

Io ero sostituibile. Ero solamente l'umana nella casa di Sheffield che minacciava il branco.

Ciò non faceva che sottolineare il fatto che Rand appartenesse ad una specie completamente diversa. Non era umano. Non aveva nemmeno ragionato col suo cazzo quando aveva voluto portarmi a letto. No, lui era un mutante e aveva provato l'istinto di accoppiarsi. Nulla più.

Faceva parte di un branco. Un branco che non aveva permesso accoppiamenti con umani fino a due anni prima. Un branco che a quanto pareva aveva un grosso problema col fatto che io aprissi un B&B lì.

Non sapevo nemmeno che cosa fosse reale.

Davvero non lo sapevo. Perché non aveva semplicemente detto esplicitamente che non volevano quel tipo di impresa vicino a casa? Tra tutti, io avrei capito. Lo Zio Adam ed io non avevamo forse mantenuto il loro segreto per tutto quel tempo?

Entrai di corsa in casa e salii in camera mia, crollando sul letto. Quando mi ero trasferita lì, ero abituata a stare sola. Non mi dispiaceva l'idea di vivere lì senza nessuno.

Adesso, però, quell'idea improvvisamente mi terrorizzava. Con le finestre aperte, riuscivo a sentire i grilli e nient'altro. La solitudine sommergeva la casa come un'alta marea, travolgendomi. Tutto il tempo che avevo trascorso lì era stato riempito da Rand. Il sorriso di Rand, i suoi occhiolini. La sua lingua abile tra le mie gambe. La sua costante preoccupazione per me e la mia proprietà.

Ugh—la *proprietà*!

Davvero gli interessava solamente casa mia?

No. No, non potevo crederci. Non mi era sembrato così. Non avevo molta fiducia nelle persone, inclusi i miei stessi genitori, ma pensavo che me ne sarei accorta se avesse cercato di fregarmi per tutto il tempo. Aveva trascorso ore a fare buchi in tutta la casa per sistemare l'impianto elettrico.

Era sembrato devastato quando avevo chiuso con lui. Mi aveva effettivamente supplicata di rimanere. Ora io non provavo altro che un terribile peso sul petto. In tutto il corpo.

Non riuscivo nemmeno a muovermi. Non avevo idea nemmeno di cosa fare. Come vivere.

Magari, se avessi chiuso gli occhi, mi sarei addormentata e avrei potuto dimenticarmi che quel giorno fosse anche solo esistito.

Non fosse che, cosa sarebbe successo l'indomani? Non riuscivo a sopportare il pensiero di ricominciare la mia vita lì senza Rand. Lui ne era già diventato una parte così grande.

L'unica parte che contava.

Il cellulare mi vibrò nella tasca ed io lo tirai fuori. C'erano dei messaggi in arrivo da parte di Rand, ma perfino il pensiero di leggerli mi dilaniava il cuore. Spensi il cellulare e chiusi gli occhi.

L'indomani, avrei capito che cosa fare.

L'indomani, in qualche modo sarei andata avanti.

23

AND

«Portatelo in auto.» Sentii vagamente l'abbaio del mio alfa mentre i ragazzi mi spingevano nel retro del pickup di Clint.

Non sapevo dove mi stessero portando o cosa stesse succedendo.

Nell'attimo in cui Natalie se n'era andata dal barbecue, ero diventato catatonico. Ero crollato in ginocchio e l'ululato del mio lupo si era fatto troppo forte per sentire qualunque altra cosa.

Levi, Nash e Johnny salirono nel retro assieme a me, ma evitarono di incrociare il mio sguardo, come se il mio dolore avesse potuto essere contagioso.

O forse avevano paura che avrei cercato di opporre resistenza.

Io non me la sentivo di lottare, però. Era più come se fossi stato raggelato. Incapace di muovermi o di vivere.

Doveva essere stata la tattica di sopravvivenza del mio corpo o del mio cervello per gestire il dolore nel guardare la mia compagna allontanarsi.

Per sempre.

Questa cosa non può funzionare, Rand.

Oh, cazzo! La mia compagna si sentiva tradita da me! Pensava che Rob mi avesse mandato a conquistarla per via dei suoi terreni. Mentre il pickup cominciava a risalire la strada che portava in montagna, io armeggiai per tirare fuori il mio cellulare, il mio cervello che finalmente ripartiva.

Con dita tremanti, riuscii a scrivere un messaggio a Natalie.

Ti prego, credimi. Sei la mia compagna. Premetti invio.

Cazzo. Non era quella la cosa giusta da dire. Non avrei proprio dovuto ricordarle del mio lupo. Ci riprovai.

Sei la mia anima. Il mio amore. Il mio tutto.

Ma quelle erano solamente parole. Non significavano nulla. Qual era davvero il problema? Mi sfregai la mascella. Lei pensava che il mio amore non fosse reale perché Rob mi aveva chiesto di farle cambiare idea sul B&B-

Rob. L'alfa. Non ero nemmeno stato lì per via del mio lupo. Quello lo aveva capito, l'aveva accettato e mi aveva nuovamente accolto. Ma non l'intero cazzo di branco.

E poi capii. Dovevo essere disposto a voltare le spalle al mio branco se necessario. Dovevo scegliere la mia compagna invece che il mio branco. Dovevo decidere che era lei ad avere importanza. Era l'unico modo per dimostrarle ciò che provavo. Potevo essere un mutante con lei, ma avrebbe saputo che era stata la mia parte umana a sceglierla. Che non era il mio lupo a guidarmi.

Digitai, *Se davvero vuoi un B&B, sarò al tuo fianco fino alla fine.* Quel pensiero mi diede un po' la nausea, consapevole di ciò che implicasse per il branco, ma non mi importava. Rob aveva gestito l'accoppiamento di Boyd con Audrey quando non c'era stato alcun precedente. Si era adattato. Poi c'erano stati Colton e Marina. Lo stesso valeva per l'altro suo fratello. E loro si erano accoppiati con delle femmine che non erano state a conoscenza dei mutanti. Natalie lo sapeva. L'aveva quasi sempre saputo. E aveva mantenuto il segreto. Aveva rispettato il branco.

Perdere Natalie non valeva il mantenimento della privacy del branco perché Rob l'aveva sempre avuta. Poteva arrangiarsi. E Nathan? Quello stronzo avrebbe fatto meglio a trovarsi un altro branco perché non era il benvenuto lì. Ma lui era un problema di Rob.

Tutto ciò che importava a me era Natalie.

Poi inviai le parole,

Mi dispiace.

Mi dispiace.

Mi dispiace.

Mi dispiace.

Mi dispiace.

Mi dispiace.

Mi dispiace.

Fino a quando Nash non mi strappò il cellulare di mano.

E a quel punto fui pronto a lottare. Lo schienai sul pianale del pickup mentre quello sobbalzava sulla strada sterrata.

«Aspetta, calmati un po', cazzo,» balbettò lui, lasciando andare il mio telefono e mostrando il collo in segno di resa. «Penso soltanto che forse dovresti schiarirti le idee prima di continuare a scriverle. Le femmine pensavano avesse bisogno di spazio. Sono umane. Loro capiscono ciò che tu non puoi comprendere di Natalie al momento. Se chiunque di loro fosse qui, ti avrebbe lanciato il cellulare fuori dall'auto. Mandarle un messaggio ogni secondo non è concederle un po' di spazio.»

«Ha ragione,» concordò Levi. «Metti via il cellulare fino a quando non ti sarai fatto una corsa.»

Io mi guardai attorno, capendo finalmente dove mi stessero portando. Sulla cima della montagna per mutare e correre. Mi sembrava di essere sul punto di esplodere. Ora potevo veramente farlo.

Lasciai andare Nash e mi tolsi di dosso. Gli avrei detto grazie, ma ero ancora troppo irritato, cazzo. Invece, mi sdraiai sulla schiena e incrociai le braccia sugli occhi fino a quando il pickup non si fermò di fronte allo chalet del branco.

«Fatelo scendere,» sentii Rob comandare.

«Arrivo.» Mi sembrava di arrancare nel fango anche solo a muovermi, ma scesi dal furgone. Da solo.

«Forza, corriamo fino a sfogarci,» disse Rob, spogliandosi. Non c'era bisogno di aprire l'edificio. Avremmo lasciato le nostre cose accanto all'auto. Non c'era una nuvola nel cielo e nessuno sarebbe salito fino a lì a rubare la nostra roba.

Tutti i ragazzi erano lì—Clint, Nash, Rob, Boyd, Colton, Levi e Johnny. Si tolsero tutti gli stivali e si spogliarono. I miei fratelli di branco, lì per me nel mio dolore.

Loro capivano.

Deglutii con forza e mi tolsi i vestiti, mutando e correndo. Il gruppo mi affiancò. Non fu una corsa divertente, ma non fu nemmeno aggressiva. Corremmo semplicemente veloce e duramente fino alla cima della montagna e lungo il crinale opposto. Quando facemmo il giro attorno al Wolf Ranch io mi fermai di colpo, la ghiaia che scivolava sotto le mie zampe. Fissai la proprietà di Natalie al di sotto.

Gli altri lupi mi circondarono, come a impedirmi di scendere fino a lì e fare qualcosa di stupido.

Io mi sedetti sui talloni, sollevai il muso al cielo e ululai.

Le voci dei miei fratelli mi risposero, riempiendo il cielo dell'addolorato ululato di un lupo che aveva perso il proprio amore.

24

ATALIE

MI SVEGLIAI con la speranza che fosse l'indomani, ma non lo era.

Erano solamente le otto e la luce era quasi svanita in cielo. La notte stava calando in fretta. Avevo dormito per tre ore, tutto lì. Avevo la pelle d'oca, ma non ero sicura del perché.

E poi lo sentii—l'ululato di un lupo.

Mi si rizzarono tutti i peli che avevo sulle braccia e il mio volto arrossì all'istante, le lacrime che mi bruciavano gli occhi. Perché sapevo, senza ombra di dubbio, che quell'ululato apparteneva a Rand.

Il suo cuore era a pezzi quanto il mio.

Strozzandomi con un singhiozzo, scesi dal letto e aprii la tenda. L'ululato sembrava distante, ma io mi ritrovai comunque a cercarlo con lo sguardo.

Come se fosse stato lì come aveva promesso che avrebbe sempre fatto.

Ma non c'era. E non sarebbe arrivato. Gli avevo detto di non seguirmi e lui aveva onorato il mio desiderio.

Mi infilai le infradito e scesi al piano di sotto. Camminai senza meta in cerchio per il pian terreno. Tutto mi ricordava Rand. Le pareti appena risistemate dove aveva fatto passare dei cavi nuovi, il tavolo dove si era seduto a mangiare un panino, la coperta della volta in cui eravamo stati alla pozza che avevo lasciato accanto alla porta del seminterrato per portarla a lavare.

La presi e la portai al piano di sotto. Rand aveva già riparato il gradino rotto e si era assicurato che tutti gli altri fossero stabili. Gettai la coperta nella lavatrice e la avviai, poi mi guardai attorno sulle mensole piene di roba che lo Zio Adam aveva riposto ovunque.

Cosa c'era, poi, in quelle scatole? Ne tirai giù una. Qualunque cosa era meglio che pensare a Rand.

Ne aprii il coperchio e scrutai all'interno. C'era una vecchia foto in bianco e nero, arricciata sui bordi. Una foto di ballo di fine anno al liceo.

La girai per guardare sul retro. Scritte con un'ordinata calligrafia femminile c'erano le parole, "Adam e Maggie, Ballo di Fine Anno 1950" e un cuore. Il mio prese a battere più forte. Voltai nuovamente la foto e scrutai entrambi i loro volti. La loro giovane esuberanza. Lo Zio Adam sembrava orgoglioso dell'adolescente che teneva sotto braccio. Maggie era giovane e vivace e sembrava allegra e felice. Indossava un abito senza spalline con una gonna ampia e aveva dei capelli scuri che le cadevano ondulati sulle spalle nude.

Il cuore mi si strinse dolorosamente. Sembravano così felici, ma il loro amore era stato maledetto. Era una cosa degli Sheffield? Dovevamo fallire in amore? Io e Rand eravamo altrettanto maledetti?

Misi da parte la foto e tornai a guardare nella scatola. C'erano biglietti del cinema. Un anello commemorativo da uomo attaccato ad una catenella. Delle lettere. Avrei dovuto leggerle?

Da una parte, mi sembrava una violazione di privacy. Lo Zio Adam non aveva mai smesso di amare quella donna, la storia che mi aveva raccontato era ancora fresca nella mia mente come la prima volta in cui l'avevo sentita. Aveva conservato quella scatola di suoi ricordi fino al giorno in cui era morto. D'altra parte, forse il mio assistere a quell'amore avrebbe onorato tali ricordi?

O magari volevo solamente sentire il dolore di qualcun altro invece del mio, in quel momento.

Esaminai una busta indirizzata allo Zio Adam con la stessa calligrafia tondeggiante del retro della foto. Il mittente era Maggie Landing e l'aveva spedita da Broomfield, Colorado.

Inspirai bruscamente. Quindi era di dopo la loro separazione.

Con dita tremanti, tirai fuori la lettera e la aprii.

Caro Adam,

PER ONORARE IL MIO COMPAGNO, non ti scriverò più e devo chiederti per favore di non rispondermi. Volevo che sapessi, però, che avevi ragione. Andarmene col mio compagno—sebbene scoprirlo sia stato improvviso, inaspettato e spaventoso—è stata la decisione più felice della mia vita.

So di averti spezzato il cuore e mi dispiacerà per sempre.

Custodirò sempre i miei ricordi di te, mio migliore amico e mio primo amore. Ma non si può negare il destino. Il destino ha scelto un altro maschio per me—l'ho capito nell'istante in cui ho sentito il suo odore. Lui mi rende incredibilmente felice. La mia lupa è felice, io sono felice. Il nostro amore cresce e sboccia sempre di più ogni giorno. Mi sto abituando a vivere con il suo branco e sono già incinta del suo cucciolo. Perdonami se questa notizia ti addolora —non era quella la mia intenzione, ti scrivo solamente per assicurarti del fatto che sono contenta e spero che anche tu possa esserlo.

Grazie per avermi sempre dato supporto, anche— specialmente—nel lasciarmi andare così che potessi stare col mio compagno predestinato.

Spero che un giorno troverai la tua versione di compagna predestinata. L'amore che non fa altro che crescere.

Ti faccio i miei migliori auguri,
Maggie

Tirai su col naso, asciugandomi le lacrime col dorso della mano. Povero Zio Adam. Si era innamorato della ragazza sbagliata.

Ma se non altro Maggie aveva trovato la felicità. Non sembrava una specie di matrimonio combinato dal branco. Era il genere di attrazione che descriveva Rand. Ciò che sosteneva di provare per me. Un odore e l'aveva capito, proprio come aveva detto Maggie.

L'amore che non fa altro che crescere. Era quello ciò che avevamo?

Rand in realtà mi amava?

Aveva detto che ciò che provava era proprio come

l'amore, ma io non ne ero sicura. Non ero una mutante, non provavo le stesse cose.

L'ululato del lupo solitario risuonò di nuovo. Balzai in piedi. Era sembrato più vicino questa volta.

Era venuto da me?

Ricordandomi di come fosse andato alla pozza quella notte di luna piena, cominciai a correre su per le scale. Era là, ad attendermi?

Probabilmente era un pensiero irrazionale. Forse stupido. Ma avevo la sensazione che potesse trovarsi di nuovo lì. Alla mia pozza. Dove mi aveva mostrato il suo lupo e mi aveva fatto il dono di restituirmi il mio violino.

Ora, mi stava concedendo spazio, ma vegliava su di me sotto forma di lupo.

Mi stava lasciando andare, ma senza allontanarsi. Aveva detto che non si sarebbe mai allontanato. Quello era amore. Lo stesso valeva per il modo in cui mi faceva l'occhiolino. Il modo in cui si presentava sempre da me dopo il lavoro. Come avesse sistemato il gradino sfondato. Come avesse portato fuori il ragno da camera mia.

Era così chiaro ormai. Così palese. Poteva anche non aver pronunciato quelle parole, ma me l'aveva dimostrato. Forse quello era più importante. Le azioni non mentivano. Le azioni dei miei genitori erano palesi, cariche di rabbia. Di odio. Si detestavano e si vedeva. Era chiaro che non ci fosse amore tra di loro.

Ma Rand? Ogni singola cosa che avesse fatto era stata dettata dall'amore. Forse ero stata io quella accecata dal lupo. Così presa dalle differenze, dai limiti e dal passato da perdere di vista il resto di Rand. Di noi.

Afferrai una felpa e corsi fuori in veranda, fermandomi ad ascoltare i rumori della notte. Sperando di sentire il canto del lupo. Il canto del *mio* lupo.

Da qualche parte nei dintorni, pensai di sentire un ramo spezzarsi e trasalii, fissando nell'oscurità.

«Rand?» domandai. La mia voce sembrava roca per via del pianto.

Fui percorsa da un brivido di presagio mentre ascoltavo il silenzio. Non avevo mai avuto paura a casa mia prima di allora, ma improvvisamente desiderai che Rand fosse stato lì.

Un altro ululato lacerò l'aria. Rand! Avevo ragione! Era più vicino di prima—non su per la montagna.

Cominciai a correre verso la pozza, sicura che sarebbe stato lì.

Il problema del fatto che Rob avesse chiesto a Rand di parlarmi del mio B&B improvvisamente mi sembrò esagerato. Mi aveva fatta sentire un'estranea e mi aveva fatto mettere in dubbio le intenzioni di Rand, ma avrei dovuto concedere loro la possibilità di spiegarsi. Non avrei dovuto insistere, opporre resistenza e temere il suo impegno nei miei confronti. Era l'unica cosa che sapevo essere vera.

Inciampai su delle rocce mentre correvo nel buio, desiderando di essermi portata una torcia. Ma non potevo fermarmi, non potevo guardarmi alle spalle. Fui travolta da una certa fretta e non riuscii a fermarmi fino a quando non raggiunsi la pozza.

Provavo un desiderio disperato di trovare il mio lupo. Di vedere Rand e di capire come sistemare le cose.

25

AND

AVEVO PROMESSO ai ragazzi che stavo bene, avevo giurato che sarei tornato al mio cottage, ma non appena ci ero arrivato, mi ero spogliato di nuovo, ero mutato ed ero corso verso casa di Natalie.

Sì, stavo violando le leggi del branco trovandomi su terreni umani, ma quella era la terra degli Sheffield. Era la terra della mia compagna.

E a me non fregava un cazzo.

Mi fermai sull'altura sopra la cascata che si gettava nella pozza di Natalie e sollevai il naso per aria. Il cielo era scuro, più scuro dell'ultima volta che ero stato lì. Giurai di riuscire a sentire il suo odore, di nuovo, come l'ultima volta. Il mio udito da lupo non la coglieva, però. Natalie non c'era e probabilmente era la mia mente che si inventava il suo odore.

Che voleva che comparisse.

Mi immobilizzai. Annusai. Colsi anche un odore che non mi piaceva. Un odore di pericolo che mi fece rizzare il pelo sul collo e lungo la spina dorsale.

Un odore di... era... *liquido infiammabile?*

La mia testa scattò verso casa di Natalie e riuscii distintamente a vedere dell'arancione.

Fiamme!

No! Cazzo, cazzo, cazzo. No!

Mi ero messo a correre ancora prima di formularne il pensiero, precipitandomi giù dal promontorio e imboccando il sentiero che riportava a casa di Natalie.

La sua casa *in fiamme*.

Per il destino, quel posto era sempre stato una polveriera! Certo, c'erano i fottuti allarmi antincendio, ma avrebbe comunque preso fuoco e non c'era modo di impedirlo. I volontari dei vigili del fuoco su quel versante della montagna erano pochi. Non c'erano idranti da quelle parti. Solamente acqua di pozzo e, anche se avessero avuto una cisterna piena, sarebbe bastata a spegnere una casa di quelle dimensioni?

Non me ne fregava un cazzo della casa. A me importava di Natalie. Era all'interno? E se gli allarmi antincendio non avessero funzionato? E se il fuoco si fosse mosso troppo in fretta per permetterle di uscire? E se non fossi riuscito a sentirla col frastuono degli allarmi?

Stavo correndo il più velocemente possibile, la mia mente che presagiva il peggio.

Più mi avvicinavo, più aumentava il fumo. Dei vetri si infransero mentre il fuoco risucchiava l'aria dalle finestre aperte. Il piano inferiore era completamente avvolto dalle fiamme che lambivano le pareti.

Frenai di colpo, poi urlai il suo nome.

«Natalie!»

Feci di corsa il giro della casa, scalzo e nudo, cercandola. La sua auto era parcheggiata lì davanti, cosa che non fece che mandarmi ancora più nel panico. Non aveva altro luogo dove andare se non lì, dal momento che ero stato io a respingerla praticamente in quella trappola di fuoco.

«Natalie!» gridai.

Cazzo, avrei voluto avere un cellulare per chiamare gli altri, per farli venire a darmi una mano. Ma pensai di sentire delle grida in lontananza provenire dal Wolf Ranch. Sarebbero accorsi anche loro nel giro di pochi minuti.

Io placai il mio cuore. Ascoltai. Non riuscivo a sentirla oltre il rumore delle fiamme. Non avevo idea che potessero fare tanto baccano, che fossero così calde perfino a dieci metri di distanza. La mia compagna era in quella casa. Dovevo salvarla. Non potevo attendere un altro istante.

Dovevo salvare la mia compagna o morire nel tentativo, perché la vita senza di lei non era degna di essere vissuta.

ATALIE

RAND NON ERA ALLA POZZA. Rimasi lì per un istante, ad ascoltare, sperando di sentire di nuovo il suo ululato. Girai in cerchio.

E poi lo vidi.

Un bagliore rosso proveniente dalla direzione in cui si trovava casa mia.

Ma che cazzo?

Mi ci volle un istante per credere veramente a ciò che stavo vedendo. La casa era in fiamme. *Casa mia era in fiamme!*

Valutai per un istante se correre al Wolf Ranch a cercare aiuto o tornare alla casa per vedere se potessi tirarne fuori qualcosa prima che crollasse, quando sentii Rand urlare il mio nome.

Dalla casa.

Oddio.

Ancora senza fiato per l'aver corso fino a lì, imboccai

nuovamente il sentiero di ritorno precipitandomi in quella direzione.

«Rand!» gridai di rimando. «Sono qui.»

Riuscii a vedere le ombre di alcune persone che correvano verso la casa. Le fiamme erano troppo accecanti per riuscire a distinguere di chi si trattasse, ma immaginai che fossero tutti del Wolf Ranch. Casa mia era abbastanza vicina che potevano aver visto l'incendio dalla loro casa principale. Dio, visto come stava bruciando, col fuoco che divampava dalle finestre sia al primo che al secondo piano, probabilmente lo si sarebbe potuto vedere per miglia e miglia.

«Natalie!» Questa volta fu qualcun altro a chiamare il mio nome.

«Rand!» gridi io nonostante avessi il fiato corto per aver corso fino a lì dalla pozza. Lo cercai in mezzo al gruppo, ma non lo vidi.

«Natalie!» Diverse teste si voltarono mentre mi avvicinavo e Nash corse da me. Era sporco di fuliggine e sudato. Tutto sapeva di falò e il calore era impressionante. Mi posò le mani sulle spalle e mi guardò con occhi sgranati e selvaggi.

«Dio, stai bene?» mi gridò per sovrastare il sibilo e lo scoppiettio del fuoco.

Io annuii, leccandomi le labbra. «Sto bene. Ero alla pozza quando l'ho visto.»

«Rand! È qui!» urlò qualcuno.

«Pensavamo che fossi in casa.» Accigliandosi, si lanciò un'altra occhiata selvaggia alle spalle. «*Lui* pensava che fossi lì dentro.»

Il mio cuore perse un battito. «Rand? No! Non può essere dentro!» Corsi verso la casa. «Rand!»

Rob e Willow mi fecero allontanare, Nash subito alle mie spalle.

«Dite a Rand che lei è qui,» urlò Nash. Sentii un tono diverso nella sua voce—paura.

Il fischio di Rob perforò la sera, facendomi trasalire. Gli altri accorsero.

«Sei sicuro che sia lì dentro?» urlai, aggrappandomi disperatamente a qualunque opzione tranne quella che non potevo accettare. «Sta peggiorando!»

Rand era nel bel mezzo di quell'incendio. A cercare me.

«L'ho sentito chiamare il tuo nome e l'ho visto entrare dalla porta della cucina quando stavamo correndo qui,» disse Rob, con voce cupa.

No.

No!

Corsi verso la casa, ma qualcuno mi afferrò in vita e mi attirò a sé. Sollevai i piedi da terra, dimenandomi. «No. Non puoi entrare là dentro.» Rob. La sua voce era profonda. Autorevole.

A me non fregava un cazzo.

«Rand è là dentro! È il mio compagno. Dobbiamo salvarlo!»

«Entro io,» urlò Nash.

«Non puoi,» gridò Rob. «Non c'è modo di entrare e crollerà presto.»

«No! Rand!» gridai. «Lui è mio. Lo amo e non gliel'ho detto. Deve saperlo!»

Cominciai a singhiozzare tra le braccia di Rob mentre guardavo casa mia bruciare. Non potevo immaginarmi Rand all'interno. Che aveva bisogno di aiuto. Incapace di fuggire per via del fumo. Oppure già bruciato. Morto.

«Devo aiutarlo!»

«Tu devi stare qui. Al sicuro. È quello che vorrebbe Rand.»

«Salvate Rand! Dobbiamo salvare Rand!» urlai io, le lacrime che mi rigavano le guance. Cercai di liberarmi dalla presa di Rob. «Cosa farò senza di lui?» singhiozzai.

Delle auto stavano parcheggiando nel mio vialetto, sempre più gente che si ammassava attorno a noi.

«Non è ancora finita. È un mutante,» disse Rob, continuando a impedirmi di fiondarmi dentro. «È dura ucciderci e guariamo in maniera spontanea. Ma non vale lo stesso per te. Lo capisci? Non puoi entrare lì dentro.»

Io guardai più attentamente e mi resi conto che gli altri mutanti stavano cercando di entrare. Avevano fatto il giro della casa e stavano urlando a Rand che io ero lì fuori.

«È ancora vivo?» singhiozzai io.

«Non lo so,» rispose cupo Rob. «Potrebbe sopravvivere, se riuscisse a trovare una via di fuga.»

Ma fu allora che la casa gemette e crollò, prima il piano superiore sopra la cucina, poi, pochi istanti più tardi, l'altro lato della casa. Le finestre caddero a terra e si infransero. Le fiamme si innalzarono in cielo ora che non c'era più nulla a trattenerle.

I mutanti balzarono via e si dispersero ai margini dove avevano cercato di entrare. Rob mi trascinò all'indietro.

Io urlai e urlai, «Rand! No! Rand, ti prego!» Mi piegai in due, tossendo e strozzandomi col fumo e la fuliggine mentre guardavo la struttura a due piani sgretolarsi.

Non può morire.

Non può morire.

Lo amo.

Oddio, lo amavo così tanto. Come potevo essere stata così stupida, a respingerlo ogni volta? Avevo avuto così tanta paura di restare ferita che avevo ferito entrambi. E adesso non l'avrei più rivisto.

Ma Rob aveva detto che sarebbe potuto sopravvivere. Aveva solamente bisogno di trovare una via di fuga.

«Rand!» urlai. «*Rand!* Sono qua fuori! *Rand!*»

Sentii delle sirene avvicinarsi. Stavano arrivando i vigili del fuoco, ma non avrebbero potuto fare nulla.

«Rand!»

E poi, all'improvviso—miracolosamente—un'enorme testa di lupo comparve dal fianco della casa, come se fosse magicamente emerso dalle fondamenta di pietra. No, *dalla rampa del carbone!*

Gli mancavano chiazze di pelo, la pelle era annerita, ma il lupo barcollò fuori.

Boyd e Levi corsero verso di lui e lo liberarono dai detriti.

Rob mi lasciò andare ad io corsi da Rand. Lui si diresse verso di me, dapprima zoppicando, ma poi pieno di energia, un uggiolio di gioia che gli prorompeva dalla gola.

«*Non mutare*,» abbaiò Rob a Rand. «Sono appena arrivati i vigili del fuoco.»

«Rand,» piansi io, buttandomi in ginocchio e singhiozzando. Gli accarezzai delicatamente il pelo. «Il tuo pelo. Sei bruciato ovunque.»

«Starà bene,» disse Boyd, comparendo accanto a noi. «Il suo lupo lo farà guarire in fretta. Te lo prometto.»

«Ha ragione,» disse Audrey. «Io gli curerò le ferite per soddisfazione personale, ma non sarà necessario. I loro corpi hanno delle proprietà curative miracolose.»

Comparve Charlie con una coperta presa dal filo della biancheria stesa e la gettò ai suoi piedi. «Nel caso muti,» disse.

I vigili del fuoco avanzarono, spegnendo le fiamme

sebbene fosse ormai un po' troppo tardi. A prescindere da ciò che avrebbero salvato, lo si sarebbe dovuto buttare giù.

Levi si occupò di comunicare con loro in quanto sceriffo, spiegando loro che io aro al sicuro e che in casa non c'era nessuno.

«Rand,» gracchiai io, con le braccia attorno a quell'enorme bestia. Lui mi leccò in viso, scodinzolando, continuando ad abbaiare e uggiolare di gioia. Io risi tra le lacrime. «Mi dispiace, Rand. Mi dispiace così tanto per prima. Non avrei dovuto dubitare di te.» In qualche modo era più facile mettere a nudo la mia anima quando era sotto forma di lupo, proprio come era stato più facile suonare il violino per lui a quel modo. Potevo abbassare le mie difese e dire tutto ciò che provavo davvero. E ora, non avrei permesso a nulla di impedirmi di pronunciare quelle parole. Lui era vivo e doveva saperlo.

«Sono rimasta confusa,» confessai, le lacrime che mi scorrevano in volto. «Sono stata stupida a non credere nel tuo amore. O a pensare che fossimo troppo diversi. Avrei dovuto fidarmi del destino.»

Da un secondo all'altro, Rand mutò. Io sussultai di fronte all'aspetto orribile che aveva nella sua forma umana, le sue bruciature infiammate, vive. Gli gettai addosso la coperta, ma Rob si voltò da dove sembrava starci facendo la guardia seppur concedendoci comunque un po' di privacy e sbottò, «*Muta.*»

Rand si tramutò subito di nuovo in lupo.

«Non voglio dover spiegare a questi pompieri una vittima ustionata che è miracolosamente guarita,» disse. «Ti ho detto di restare lupo.»

Rand uggiolò piano e mi poggiò l'enorme testa in grembo.

«Non mi importa del bed & breakfast,» gli dissi. «Se è un problema per il branco, non lo farò.»

«Abbiamo un problema. Ho colto l'odore di liquido infiammabile davanti alla casa,» disse Nash a Rob. «Quando siamo arrivati qui, mi sono limitato a seguire quell'odore e ce n'è perfino un po' nel vialetto.»

«Liquido infiammabile?» ripeté Rob.

Rand ringhiò, un ringhio basso e minaccioso.

«Aspetta... non è stato l'impianto elettrico?» Sollevai lo sguardo su Nash.

«Era rovesciato sul vialetto davanti alla veranda,» spiegò Nash. «Se qualcuno l'avesse usato per dare fuoco alla casa, l'odore sarebbe dovuto scomparire con le fiamme, ma un po' è gocciolato lontano dalla casa.»

«Non siete riusciti a salvarla, eh?» Una voce forte provenne dal punto in cui erano radunati i vigili del fuoco.

«*Nathan Brown*,» ringhiò Colton, avanzando a grandi passi verso di lui. Levi lo seguì a ruota.

Rand arricciò le labbra sulle zanne luccicanti e ringhiò. Il mio cuore prese a battere più forte.

«Lo *uccido* se è lui il responsabile, cazzo.» Rob strinse le mani a pugno lungo i fianchi.

Pensavano che fosse stato quel tipo?

Anche Boyd si allontanò a grandi passi, facendo il giro dietro il gruppo e dirigendosi verso il vialetto.

Un paio di minuti più tardi, Boyd si unì a Colton e Levi e al gruppo di pompieri assieme al mutante più anziano. Boyd teneva in mano diverse bottiglie di liquido infiammabile. «Ho trovato queste nel retro del suo pickup.»

Dal punto in cui ero accucciata accanto a Rand, non riuscivo a vedere molto. L'unica luce presente proveniva dal fuoco e tutti erano delle ombre indistinte. Ci furono delle urla arrabbiate e il gruppo si radunò. Quando si diradarono nuovamente, il mutante più anziano era sdraiato faccia a terra, con Levi che gli metteva un paio di manette ai polsi.

Non riuscii a sentire cosa si stessero dicendo, ma l'aveva ammesso? Levi non l'avrebbe arrestato altrimenti. No?

Oddio. Era una pessima situazione. Quel tizio aveva cercato di uccidermi? Sentii i muscoli di Rand tendersi e lo strinsi forte sebbene lui fosse molto più possente di me nel caso in cui si fosse veramente voluto alzare. Aveva visto ciò che avevo visto io, probabilmente era giunto alla stessa conclusione.

Rand era possessivo e protettivo in circostanze normali, ma quando qualcuno metteva intenzionalmente in pericolo la sua compagna?

Rob si voltò all'istante, come se avesse avuto paura che Rand avesse potuto fare qualcosa di avventato. «Andiamo. Torniamo a casa mia dove puoi darti una ripulita e Audrey può dare un'occhiata alle tue ferite.»

Rand aveva ancora le zanne scoperte.

«Si stanno occupando di Nathan Brown. Forza. La tua compagna ha bisogno di sapere che stai bene. Diamoti una lavata. Levi si occuperà di Nathan per il momento. Mi dispiace, Natalie, ma non c'è nulla che si possa fare per la casa. I vigili del fuoco si assicureranno di estinguere l'incendio. Non c'è nulla che tu possa fare qui e Rand ha bisogno di guarire.»

Non c'era nulla da dire perché aveva ragione, su tutto.

«Per quanto riguarda Nathan come problema del branco, mi occuperò io di lui e di quello che ha fatto una volta per tutte domani. *Forza.*»

Dubitavo che i sergenti in addestramento sapessero dare ordini meglio di lui. Rob aveva un modo di esprimere comandi che faceva venir voglia a chiunque di alzarsi e darsi una mossa ancora prima di aver deciso di obbedirgli.

Se non altro fu così che mi sentii io. Mi alzai di corsa da terra e lo stesso fece Rand. Rob ci condusse lungo il sentiero che portava dalla mia proprietà alla loro.

Tutte le donne—Willow, Marina, Audrey e Charlie—ci seguirono. Quando fummo abbastanza lontani, Rand mutò e si avvolse la coperta attorno alla vita, dopodiché mi prese in braccio stile luna di miele.

«Che stai facendo?» strillai io. Posai le mani sulle sue spalle, ma avevo paura di toccare qualche ustione. «Sei tu quello ferito. Io sto *bene*.»

I suoi occhi incrociarono i miei e non guardò dove andava. Nonostante ciò, non inciampò, non incespicò affatto. «Non me ne frega un cazzo. Pensavo fossi in quella casa. Pensavo fossi morta, Rossa, e la cosa mi ha quasi ucciso.»

Mi si riempirono di nuovo gli occhi di lacrime. Appoggiai la fronte alla sua. «Lo stesso vale per me,» sussurrai. «Come ne sei uscito?»

«Ti stavo cercando e faceva troppo caldo. Non riuscivo a uscire e ho trovato la scala che portava al seminterrato, ma sapevo che mi sarebbe crollato tutto addosso. Poi mi sono ricordato della rampa per il carbone da quando avevo sistemato la scatola dei fusibili.»

Ciò che aveva passato. Dio, ci era andato vicino. Troppo vicino. «Ti amo, Rand Tucker.»

Sentii un ringhio riverberargli nel petto.

«Ti amo, Natalie Sheffield. Adesso e per sempre. Amore umano. Amore da lupi. Ogni cazzo di amore che esista, sono innamorato di te. Tu sei mia e nulla lo cambierà.»

Io emisi un singhiozzo felice. «No, nulla lo cambierà nemmeno per me. Mi dispiace che mi ci sia voluto così tanto per capirlo.»

«Cara, so che queste donne vorranno fare le dottoresseveterinarie con me quando saremo tornati, ma possiamo per favore semplicemente sgattaiolare via a casa mia e saltare quella parte?»

Io gemetti con un sorriso. Volevo tanto che stessimo insieme. Da soli. Però... «No. Hai ustioni ovunque. Mi sentirei davvero meglio se ti dessero uno sguardo.»

Lui borbottò. «Sto bene. Ma come vuoi tu, Rossa. Sei tu a decidere per me.»

Mi schiarii la gola. «Tranne quando non lo sono,» mormorai, ricordandomi quanto mi piacesse quando era lui ad assumere il controllo.

Rand smise di camminare per un istante. «Aw, cara. Adesso non è il momento di farmi venire un'erezione per te. Ho solo una fottuta coperta attorno alla vita.»

Io ridacchiai. Stava bene. Ferito, ma sarebbe guarito. «Giusto. Più tardi.»

«Più tardi, sì. Più tardi ti dirò io che cosa diamine fare e tu urlerai il mio nome fino a perdere la voce.»

«L'ho già fatto stasera,» gli ricordai, tornando seria.

La sua espressione vogliosa vacillò. «Urlare in senso buono,» si corresse. «Non pensarci più per stasera. Non possiamo. Nathan Brown è fortunato a trascorrere la notte in prigione, altrimenti lo farei a pezzi.»

«Non voglio pensarci nemmeno io,» dissi, poggiando la testa sulla sua spalla.

Il calore che avevo nel petto, l'avere le sue braccia attorno a me, gustarmi le parole di amore che finalmente stavamo condividendo... quel senso di giusto che mi scorreva dentro era innegabile. Come potevo aver mai dubitato che ciò che avevamo fosse reale?

27

Lasciai che Audrey mi esaminasse, pulendo alcune delle ustioni peggiori con l'acqua, ma non c'era altro che potesse fare. Ero fottutamente fortunato ad avere i polmoni puliti e la mia pelle stava guarendo in fretta. Faceva ancora male. Cazzo, se bruciava, ma sapevo che era una cosa temporanea. Natalie, però, era con me.

Mi amava.

Era mia.

Quello sarebbe durato per sempre.

Nonostante Audrey fosse una dottoressa che curava gli umani, concordò che la cosa migliore per me fosse mutare nel mio lupo e restarci fino a quando la maggior parte del danno non fosse stato riparato.

«Concordo con la dottoressa. A giudicare da come stanno guarendo quelle vesciche--» disse Rob, appoggiato all'isola della cucina. «--un paio di ore sotto forma di lupo e saranno praticamente svanite.»

Io non volevo attendere un paio d'ore per fare mia Natalie, ma non sarei stato in grado di rivendicarla così. Le ustioni mi coprivano tutto il corpo e non me la sarei potuta scopare in quel momento. Volevo concentrarmi su di lei. Sulla sua pelle morbida come seta. Sulle sue urla di piacere. Avevo ancora male e lei si sarebbe preoccupata.

Non era quello il modo di rivendicare una donna.

Guardai Natalie, che annuì.

«D'accordo, ma voglio guarire a casa.»

Nessuno discusse, probabilmente consapevoli che, una volta che fossi stato meglio, nulla mi avrebbe tenuto lontano dalla mia compagna.

Rob annuì. «Ti accompagno in macchina al cottage.» Non disse altro, si limitò ad assottigliare lo sguardo. Attese.

Io incrociai lo sguardo della Rossa, mi chinai e le diedi un bacio, poi le sussurrai all'orecchio. «Guarirò nel mio letto, dopodiché ti rivendicherò. Sì?»

Lei si ritrasse e mi scrutò in viso. «Sì.»

Il mio lupo si placò. Cazzo, stavo male eccome. Annuii, poi mutai di nuovo in un lupo. Lasciai che la biologia da mutante si mettesse all'opera mentre Rob riportava me e Natalie in macchina al mio cottage. Saltai nel letto, girai in cerchio, dopodiché mi sdraiai, ma non chiusi gli occhi fino a quando lei non si infilò sotto le coperte. Il suo odore mi circondò, per certi versi guarendomi anche lui, ed io dormii.

———

Non avevo idea di che ore fossero, ma era da poco passata l'alba. La luce in cielo era poca, dal momento che il sole non si era ancora levato sopra la montagna. L'aria che filtrava dalle finestre aperte era fresca, l'odore di fumo era evocativo. Mutai nuovamente in forma umana e mi misi con cautela a sedere, non volendo svegliare Natalie. Lei era addormentata su un fianco, una mano infilata sotto la guancia.

Cazzo, il solo vederla lì mi faceva sorridere. Scrollai le spalle, scrutandomi. A parte essere sporco, ero perlopiù guarito. Le ustioni minori erano completamente svanite, non ce n'era traccia sulla mia pelle. I punti in cui avevo avuto delle vesciche erano leggermente rosati, ma non avevo male da nessuna parte.

Mi passai una mano sulla testa, percepii un punto in cui i capelli mi si erano bruciati. Sul petto c'erano dei punti privi di peli, ma sarebbero ricresciuti tutti.

Gattonai verso Natalie, rimasi sospeso sopra di lei e sfregai il viso contro il suo collo. Lei si destò con un sorriso in volto. Spalancò gli occhi e si alzò di scatto a sedere, quasi dandomi una botta sul naso con la spalla.

«Piano, Rossa.»

Lei mi fece scorrere lo sguardo addosso, spalancando gli occhi palesemente scioccata. «Sei guarito.»

Allungò una mano per toccarmi, ma ritrasse le dita. Io gliela afferrai e me la posai sul petto.

«Sapevi dei mutanti, ma non sapevi come guariamo?»

«No.» La sua mano cominciò a scivolare delicatamente sulla mia pelle. Quasi con reverenza. «Be', nessuno me l'ha detto nello specifico, ma il trattore rovesciato. Tu... sei guarito mentre ti guardavo correre via nella tua forma di lupo.»

Io chiusi gli occhi sotto la sensazione delle sue dita. Cazzo, solamente quel piccolo sfioramento della sua pelle sulla mia mi mandava a fuoco. Il mio lupo praticamente si mise pancia all'aria offrendole il ventre. «Mi ricordo di quando è successo. Mi sono spaventato a morte da solo perché ero bloccato, ma sono mutato e sono sgattaiolato via. Non avevo idea che tu mi avessi visto.»

«Mi sono spaventata a morte anch'io. Poi mi sono sorpresa. Cioè, ti sei trasformato in un lupo. È stato molto da assimilare per una bambina.»

Io scossi lentamente la testa e aprii gli occhi. «No, Rossa. Sei stata coraggiosa perfino allora. Più coraggiosa ancora adesso.»

Ci guardammo, limitandoci a fissarci mentre le sue dita mi scorrevano sul busto. «Rossa,» sussurrai io. Ce l'avevo duro per lei. Il mio lupo era voglioso. Pronto.

Quello era il momento giusto. Le nostre intere vite ci avevano portati lì. Io che lavoravo sui terreni degli Sheffield. Natalie che si trovava lì con suo zio. Il segreto che aveva custodito. Il suo odore che la rendeva mia. L'incendio.

Tutto.

Il destino ci aveva messi insieme ed era arrivato il momento di renderlo ufficiale. Prima, avevo voluto farlo così che chiunque altro sapesse a chi appartenesse, che fosse mia. Ora, non me ne fregava un cazzo di cosa pensassero gli altri. Volevo rivendicare Natalie perché era mia.

No, volevo rivendicarla perché *io ero suo*.

«Rand,» sussurrò subito anche lei. «Se stai meglio, allora--»

«--allora voglio essere tuo. Per sempre. Mi permetterai di rivendicarti? Perché tu hai già rivendicato il mio cuore. La mia anima. Il mio lupo.»

I suoi occhi si riempirono di lacrime che si riversarono lungo le sue guance. Le tremò il labbro e mi gettò le braccia attorno, baciandomi in viso. «Sì. Sì!»

Scesi dal letto con lei ancora in braccio a me, la portai in bagno e la feci sedere davanti allo specchio. Andando alla doccia, aprii l'acqua calda, poi la aiutai a spogliarsi. Lasciai cadere a terra gli abiti sporchi, poi la presi nuovamente in braccio e mi infilai sotto il getto caldo

«Non ho intenzione di rivendicarti ricoperto di terra e fuliggine.»

«Puzziamo come il più grande falò del mondo.»

Non si sbagliava.

Io afferrai la saponetta. «L'unico odore che ti voglio addosso è il mio.»

Mi concentrai sul pulirla. Non tralasciai un solo punto, prendendomela comoda nell'insaponare e risciacquare ogni singolo centimetro di lei. Prestai particolare attenzione ai suoi capelli, lavandoli col mio shampoo e sciacquandone via il sapone e la fuliggine.

Quando ebbi finito, lei mi prese il sapone e fece lo stesso con me. Quando ebbe finito, ero ormai sensibile per via del suo tocco e volevo di più. Il mio cazzo era talmente duro che mi faceva male. Avevo le palle piene, così piene per lei. Per riempirla, per farla mia nella maniera che ci avrebbe legati più di qualunque altra cosa. Volevo vederla incinta del mio cucciolo, sapere che il nostro amore traboccava creando nuova vita.

Non ne avevamo parlato. Io non ero pronto per un figlio. Diavolo, ero troppo egoista per condividere Natalie con chiunque altro, perfino un bambino. Presto, però. Quando lei fosse stata pronta.

Le presi il sapone e lo posai nuovamente sulla mensolina piastrellata. Prendendole il volto tra le mani, la baciai. Finalmente. Non indugiai, ma la baciai lungo il collo, sulla clavicola, su uno dei seni fino all'altro, prima di mettermi in ginocchio. La sua figa era proprio lì, nuda e rosea e, quando trassi un respiro profondo, seppi che era bagnata.

Sollevai lo sguardo su di lei e la trovai a guardarmi. Le

sue dita si intrecciarono tra i miei capelli bagnati. Io non dissi nulla, mi limitai a sollevarle una gamba sulla mia spalla per aprirla per me.

Poi trovai la mia casa. Ci misi la bocca addosso. Mi presi il suo dolce sapore sulla lingua. Sulla bocca. Sul mento.

«Rand,» esclamò lei.

Il suono più bello del mondo.

Non avevo intenzione di torturarla. No. Era una brava ragazza, la *mia* ragazza, e avevo bisogno di soddisfarla. Avevo bisogno di darle un orgasmo con la lingua e le dita per cancellare la sera prima tanto quanto il sapone e l'acqua calda.

Non mi avrebbe perso mai più.

Mi lavorai la sua figa con le dita e con la bocca per dimostrarle la mia devozione. Quella necessità che provavo. Non se ne sarebbe mai andata.

28

$\mathscr{N}$ATALIE

Quell'orgasmo mi travolse al punto che Rand dovette trascinarmi fuori dalla doccia. Asciugarmi. Portarmi a letto. Per tutto quel tempo, mi raccontò che cosa avesse avuto intenzione di farmi.

Vedrò se riesci a venire solo perché ti lecco e ti succhio quei bellissimi capezzoli. Tu ti farai una cavalcata col mio cazzo... mentre io ci gioco. Poi ti prenderò da dietro, con te che ti tieni stretta alla testiera. Vuoi che ti rivendichi così? Magari ti coglierò di sorpresa.

La mia figa era gonfia e pulsante, vogliosa del suo cazzo. I miei capezzoli erano duri, pronti per tutto ciò che mi aveva promesso. Ero in una nebbia di desiderio creata da lui. Un orgasmo non mi bastava.

Avevo bisogno di lui dentro di me. Che mi riempiva. Che mi faceva sua.

Lui si mise in piedi al fondo del letto, afferrò coperte e

lenzuola e le tirò via buttandole a terra. Riuscivo a sentire l'odore di fumo che le permeava. Dovetti immaginare quanto fosse forte per Rand.

Lui balzò nel letto, rotolando sulla schiena con la testa sul cuscino. Il suo corpo era perfetto. Abbronzato. Muscoloso. Fu il suo cazzo che guardai. Sobbalzava ad ogni suo movimento, spesso e violaceo. La punta curvava verso il suo ombelico. Era virile, possente. Tutto mio.

Lui arricciò un dito ed io gattonai verso di lui. Quando mi avvicinai abbastanza, lui mi sollevò su di sé, con le mani sui miei fianchi. «Rand!»

Tenendomi per la nuca, lui mi attirò in un bacio. Io ci affondai, nel bacio, in lui, i nostri corpi premuti assieme. Il suo calore mi avrebbe tenuta al caldo se avessi avuto freddo. Non ne avevo affatto. Ero in fiamme.

Solo per Rand.

Cominciai a dimenarmi quando il bacio non bastò e mi spostai lungo il suo corpo, baciando i punti privi di peli sul suo petto e poi più in basso, sentendo i suoi addominali fremere mentre leccavo la punta del suo cazzo.

«Mmm,» dissi, assaggiando lo schizzo salato di liquido preseminale sulla mia lingua.

La sua mano si posò sulla mia nuca, tenendomi con delicatezza. «Cazzo, Rossa.»

Mi piaceva sentirlo disfarsi a causa mia. Glielo presi in bocca, ma ce l'aveva troppo grosso ed io non ero una pornostar. Non sarei mai riuscita a prenderglielo tutto, per cui ne afferrai la base in un pugno stretto e cominciai a lavorarmelo.

Con un ringhio, lui mi afferrò e ci fece girare così da incombere su di me. Il suo cazzo umido di saliva mi sfregò contro la coscia. «Mi stavo divertendo,» dissi imbronciata. «Tu mi hai fatta venire sotto la doccia, volevo ripagarti.»

Lui mi scostò i capelli bagnati dal viso. «Rossa, non devi ripagarmi. Tu vieni e vieni spesso con me. Non tengo il conto, fintanto che i tuoi orgasmi siano più dei miei.»

«Non è giusto.»

Lui rise e ciò mi fece ridere assieme a lui. «Hai intenzione di discutere con me sui troppi orgasmi?»

Riuscii a sentirmi arrossire.

«Non voglio venirti in bocca... questa volta, perché ho bisogno di stare nella tua figa per rivendicarti. Il mio cazzo affondato per bene e il mio morso qui.»

Mi picchiettò il punto in cui collo e spalla si univano.

«O qui.»

Fece lo stesso dall'altro lato.

Io rabbrividii mentre lui mi guardava e attendeva. «Qui,» replicai, picchiettando il punto sul mio collo.

Lui mi scese di dosso, ma io lo attirai nuovamente su di me. «Dove te ne vai?»

Lui sogghignò. «Non molto lontano. Devo solamente recuperare un preservativo.»

Io strinsi la presa. «No. Nulla tra di noi.»

Lui tornò da me e mi guardò le labbra. «Non abbiamo mai davvero parlato di contraccettivi. A me stanno bene i preservativi fino a quando non sarai pronta ad altro.»

«Prendo la pillola.»

Lui sollevò lo sguardo sul mio. «Ti sta bene che non mi metta niente?»

Io mi leccai le labbra e lui gemette, poi spostai i fianchi così che il suo cazzo mi sfregò contro la figa.

Mi mossi di nuovo, allungai perfino una mano in mezzo a noi e lo tenni stretto mentre mi posizionavo così che fosse proprio lì. Tutto ciò che doveva fare era affondarmi dentro.

«Ti amo, Rand,» dissi.

Lui non distolse lo sguardo. Non sbatté le palpebre. Non respirò nemmeno mentre mi scivolava dentro.

Non era la prima volta, ma mi sembrò tale. Così stretta. Così piena. Così giusto.

Piegai le ginocchia, gli strinsi i fianchi per attirarlo ancora più a fondo.

«Cazzo, Rossa. Sei stupenda.»

Si tirò indietro e spinse a fondo. Io inarcai la schiena, gettando indietro la testa. «Rand! Più forte.»

Fu tutto ciò che ci volle. A quel punto lui perse il controllo, prendendomi con forza. Fu spietato. Io ero così bagnata che quel rumore riempì la stanza mentre la nostra pelle sbatteva l'una contro l'altra. Così forte. Così a fondo.

Adoravo il fatto che riuscisse a perdere il controllo per me. Che non si trattenesse affatto per me. Per cui io, in cambio, gli diedi tutto. Andai incontro ai suoi fianchi, gli graffiai la schiena con le unghie, urlai il suo nome quando infilò una mano in mezzo a noi e mi stuzzicò il clitoride. Lo pizzicò ed io venni.

I miei muscoli interni si contrassero e lo stritolarono, cercando di attirarlo più a fondo. cercando di farlo venire e fargli provare quello che provavo io. Persa. Selvaggia. Disperata.

Lui si lasciò cadere sugli avambracci, mi baciò durante il mio orgasmo, poi si spostò sul mio collo mentre continuava a prendermi.

«Ti amo, Natalie Sheffield,» disse mentre io cavalcavo il mio piacere fino alla fine. «Tu sei mia. Ti rivendico.» Con il ringhio più profondo che avessi mai sentito da parte sua, si spinse a fondo e venne, il suo corpo che si tendeva, la sua bocca che mi rivendicava. Mi morse il collo, i suoi denti affondarono nella mia pelle.

Io urlai di nuovo, inizialmente per la forte fitta di dolore, ma poi per via di un altro orgasmo, questo ancora più intenso dell'ultimo. Di qualunque altro avessi mai provato prima. Lo sentii gonfiarsi e schizzare dentro di me, il suo seme che mi marchiava tanto quanto i suoi denti.

Si ritrasse, poi mi leccò il collo mentre ansimava sopra di me. Riuscivo a sentire il suo cazzo che continuava a pulsare. Il suo seme caldo mi scivolò fuori colando tra di noi. Non avevo mai fatto sesso senza preservativo prima di allora.

Non avevo mai voluto. Ora, nonostante non avessimo fatto un figlio, sapevo che era un legame che sarebbe durato per sempre. L'avevo quasi perso la sera prima, ma mi tranquillizzò il sapere che fosse vivo. Intatto. Mio.

Proprio come io ero sua.

Lui si tirò fuori e mi strinse tra le braccia prima che io mi addormentassi. Al sicuro. Felice.

Accoppiata.

Il mio ultimo pensiero prima di dormire fu se lo Zio Adam sarebbe stato contento che avessi trovato il mio compagno. Se fosse stato lui a metterci insieme. Se avesse voluto che fossi stata l'umana a proteggere i mutanti, proprio come aveva fatto lui per tutti quegli anni. Lui non aveva trovato l'amore, ma palesemente l'aveva desiderato per me.

L'avrei sempre custodito. Lui, la sua guida e quei terreni, dove avevo trovato Rand.

29

Quel pomeriggio guidai fino allo chalet del branco. Avevo lasciato Natalie al cottage, principalmente perché non volevo che assistesse alle cose brutte che sarebbero potute insorgere nell'occuparci di Nathan Brown.

Rob organizzò una riunione di emergenza tra gli anziani del branco. Io non ne facevo parte, ma le sue azioni avevano avuto effetto sulla mia compagna. Aveva dato fuoco alla sua casa, cazzo.

Levi doveva portarci Nathan Brown dalla prigione in città affinché rispondesse dei suoi crimini. Farlo processare tramite il sistema legale umano non funzionava.

La legge umana non si addiceva ai mutanti. Per quanto potesse averlo tenuto lì per la notte, nessuno poteva tenere rinchiuso a lungo un mutante. Sarebbe stato facile per lui sopraffare le guardie o gli altri compagni di prigione. I mutanti sfuggivano quasi sempre alla polizia e diventavano latitanti quando commettevano un crimine.

Era il motivo per cui avevamo un consiglio dei mutanti. Mio fratello Clint era stato un sicario del consiglio, aveva mietuto la loro forma di giustizia, che spesso era la morte. Aveva abbandonato quella carica quando si era accoppiato con Becky, ma se qualcuno avesse mai visto cosa succedeva quando un mutante commetteva un crimine, quello era lui.

Non sapevo se Rob avrebbe portato Nathan dal consiglio dei mutanti o se si sarebbe occupato di lui lì nel branco. Non c'erano leggi ferree che governassero certe cose. La maggior parte dei branchi si occupava dei propri membri e il consiglio veniva coinvolto solamente quando non era loro possibile o non volevano intervenire.

L'auto da sceriffo di Levi era già parcheggiata davanti a casa e Nathan Brown era seduto nel retro dietro la rete. Come ho già detto, non erano le manette o la rete a tenerlo lì, ma la presenza di Levi. Era appoggiato all'auto, a fare la guardia al proprio prigioniero.

Dovetti mandar giù la rabbia che mi bruciava dentro nei confronti di quello stronzo. Aveva quasi ucciso la mia compagna. Avrei voluto staccargli la testa e farla precipitare giù dalla montagna come una palla da bowling.

Tuttavia era Rob al comando e ci saremmo occupati di quella faccenda in maniera formale. Sarebbe stata la legge del branco ad occuparsi di Nathan.

Rob e Willow erano in piedi sulla porta e Rob sollevò una mano quando io scesi dalla mia auto. Andai da lui e gliela strinsi. Lui mi attirò in un abbraccio tra uomini, dandomi una pacca sulla schiena. «Hai un aspetto molto migliore di ieri sera.»

«*Decisamente* migliore,» concordò Willow.

Io emisi una risatina tremula. Il giorno prima era stato

straziante per me, ma non per via delle mie ustioni. Avevo pensato che Natalie si fosse trovata nella casa in fiamme.

«Ci hai spaventati un po' tutti,» disse Rob.

Io scossi la testa. «Non vi sarete preoccupati per *me*, no?»

«Be', non del tutto, ma ero io a tenere la tua compagna urlante per impedirle di correre in casa a cercarti, per cui ammetto che un po' della sua paura mi ha contagiato. E poi, quando la casa è crollata e tu non ne eri ancora uscito...» Scosse la testa.

Io battei le palpebre, gli occhi che mi bruciavano un po', il mio amore sia per la mia compagna che per i miei compagni di branco che mi travolgeva. Quella volta attirai io Rob in un abbraccio con una pacca sulla spalla. Willow mi abbracciò quando ci separammo.

«È tua adesso?» mi chiese lei. Mi ero fatto una doccia dopo essermela rivendicata quella mattina ed era il mio odore ad esserle permeato addosso invece del contrario, ma era stato fottutamente chiaro come stessero le cose tra di noi. Tutti coloro che fossero stati presenti all'incendio lo sapevano.

Annuii.

«Entra, ci sono quasi tutti,» disse Willow, con un sorriso radioso in viso.

Io entrai nello chalet dove era stato preparato un semicerchio di sedie. C'erano i miei genitori e mio fratello, assieme a tutti e trenta circa gli anziani del branco—la maggior parte dei mutanti dell'età dei miei genitori o più grande ancora. C'erano la compagna di Nathan e la loro figlia adulta, che si era accoppiata con un altro membro del branco.

Mia madre si alzò e mi abbracciò stretto. «Ho sentito tutto,» disse con voce rotta. «Sono così felice che la tua compagna non sia rimasta ferita.»

«E io?» la presi in giro. Ovviamente, però, sapevano che io me la sarei cavata.

Lei mi prese il viso tra le mani. «La casa non c'è più, ma non è quello che importa, giusto?»

No. Non avevo nemmeno pensato di chiederlo a Rob, limitandomi a presumere che non ci fosse più. Io avevo ciò che contava di quel posto. L'avremmo ricostruito, reso di nuovo una casa.

«Sedetevi. Levi sta portando dentro l'imputato,» tuonò Rob dalla porta, entrando e prendendo posto davanti, rivolto verso il semicerchio.

Io mi sedetti e Clint e Colton si misero accanto a me. Dovetti immaginare che si fossero sistemati in modo da trattenermi nel caso in cui avessi insistito nel pretendere la mia giustizia privata. Non era mia intenzione, ma non lo escludevo nemmeno. Specialmente dopo che Nathan Brown entrò, in manette, ma a testa alta, orgoglioso, come se non avesse avuto nulla di cui vergognarsi.

Levi lo condusse in un punto vuoto, lontano sia da Rob che dal resto dei presenti.

«Nathan Brown, sei sotto accusa,» il timbro da alfa di Rob rimbombò nello chalet. «Hai dato fuoco alla proprietà di un membro del branco.»

Nathan sbuffò. «Col cazzo. Quella proprietà apparteneva ad un'umana.» Sputò la parola umana come se fosse stata una parolaccia. «Un'umana che aveva intenzione di aprire un bed & breakfast proprio accanto alle terre del branco.»

«Un'umana che adesso è accoppiata ad un membro del branco,» ribatté Rob. «Il che la rende un membro onorario del branco a sua volta.»

Nathan sbuffò. «Non era accoppiata all'epoca,» ringhiò.

«Silenzio!» Quando Rob infondeva comando alfa nelle sue parole, tutti lo sentivano. La stanza si zittì e tutti quanti rimanemmo istintivamente immobili per soddisfarlo. «Avresti potuto ucciderla, e hai quasi ucciso Rand, che era intrappolato dentro la casa alla ricerca della sua compagna quando è crollata.»

«Quella ragazza non si trovava nemmeno in casa quando vi ho appiccato il fuoco,» disse Nathan, come se ciò potesse scusare tutto. «Se non se ne fosse andata da sola, mi sarei assicurato che fosse uscita prima di appiccarlo. Non intendevo farle alcun male. Rand, ovviamente, guarirà.»

Molti degli anziani mormorarono al loro posto. Non pensavo che si fossero aspettati che Nathan avrebbe ammesso tanto apertamente il proprio crimine.

«La casa era assicurata, Rand?» chiese Rob.

Annuii. Io e Natalie ne avevamo parlato quella mattina e lei aveva dovuto accollarselo sulla sua carta di credito, ma aveva pagato la rata dell'assicurazione il mese prima.

«Bene. Ovviamente gli effetti personali che c'erano in casa non verranno mai recuperati,» disse Rob.

«Perché l'hai fatto?» chiese qualcuno a Nathan.

Lui sbuffò. «Be', non è ovvio? Il nostro alfa, qui, è troppo debole per occuparsi dello sconfinamento di un'umana. Non solo si è rifiutato di far abortire l'idea del bed & breakfast, ma ha invitato quella debole umana nel branco. Ciò la rende, cosa—la quinta umana che avete accolto negli ultimi due anni? Nessun altro si sta preoccupando di questo trend? Di un alfa che a quanto pare vuole che la nostra razza si estingua attraverso degli accoppiamenti che vanno contro natura?»

«Basta!» ordinò Rob, zittendo i ringhi minacciosi che si erano levati da me, Clint, Boyd e Colton.

Levi non aveva ringhiato, ma aveva spinto Nathan in ginocchio con un'espressione feroce in viso.

«Nathan Brown, poiché non intendevi fare del male

direttamente a Natalie Sheffield, non chiederò la tua vita. Ma per aver infranto la legge umana e aver messo in pericolo branco ed umani, così come per la tua continua mancanza di rispetto nei confronti della mia posizione di alfa in questo branco, esilio te e tutta la tua famiglia da questo branco. Casa tua verrà venduta ad un altro membro e qualunque spesa che non sarà coperta dall'assicurazione di Natalie verrà detratta da quel ricavo, concedendoti di tenere solo ciò che rimane. Se dovessi mai tornare da queste parti, lo prenderò come una minaccia diretta nei confronti del branco e manderò il mio sicario ad ucciderti. Chiaro?»

La moglie di Nathan trasalì e sua figlia emise un piccolo singhiozzo sconvolto.

«Avete ventiquattr'ore per andarvene. Durante quel periodo, impedirò ai membri del mio branco di mettere in pratica alcuna vendetta personale.» Rob lanciò un'occhiata nella mia direzione ed io arricciai il labbro superiore per mostrare un po' di zanne a Nathan. «Nel caso in cui doveste ritardare la partenza, però... non li fermerò. Ora, andate.»

Levi aprì le manette e diede un calcio a Nathan.

La moglie di Nathan, sua figlia e il suo compagno si alzarono tutti radunandosi alla porta dello chalet, in attesa che Nathan li raggiungesse per andarsene insieme. La moglie di Nathan stava piangendo quando abbandonò l'edificio.

Il resto dei membri del branco si alzò e cominciò a parlare e radunarsi. Io non percepivo alcun dissenso da parte loro nei confronti della gestione di Rob. Gli anziani si ricordavano di come fosse stato il branco con il padre di Rob come alfa. Alcuni si ricordavano perfino di suo padre prima di lui. Le tradizioni erano state sostenute, ma Rob era un uomo a sé, un alfa a sé e stava forgiando il futuro del branco a proprio modo. Per quanto alcuni anziani potessero opporre resistenza o non approvare tutto ciò che faceva Rob, solamente Nathan era stato tanto apertamente ostile.

Si sperava che una riunione del genere sarebbe stata l'ultima.

«Hai intenzione di comportarti bene?» mi chiese Rob mentre mi si avvicinava, con tono di avvertimento.

Io annuii. «Sì, sto bene. Avrei preferito suonargliele prima un po', ma posso accontentarmi dell'esilio.»

«Gli ho dato un po' di colpi io al posto tuo ieri sera,» disse Levi inarcò le sopracciglia. «Un bel po'.»

Sogghignai. «Bene.»

«Va tutto bene con Natalie?» mi chiese Clint, poggiandomi una mano sulla spalla.

Il mio sorriso si ampliò. «La mia compagna?» Non potei fare a meno di gongolare nel chiamarla così. Era una sensazione così bella l'averla rivendicata. L'essere in grado di chiamarla legittimamente così. «Sta alla grande. In effetti, devo tornare da lei.»

I ragazzi ridacchiarono tutti quanti. «Ci scommetto,» commentò Clint.

«Già, torna dalla tua compagna,» disse Boyd dandomi una pacca sulla schiena.

«Dalle un grosso abbraccio da parte mia,» mi disse mia madre. «Vi inviteremo entrambi a mangiare una lasagna più avanti questa settimana.»

«Lo farò,» promisi e uscii diretto alla mia auto.

Nulla—nemmeno Nathan Brown—avrebbe potuto abbattere il mio umore quel giorno.

Non quando Natalie era nel mio cottage ad aspettarmi. Non quando ci sarebbe stata ancora il giorno dopo, quello dopo ancora e quello dopo ancora.

EPILOGO

$\mathcal{N}$ATALIE

L'AUTO dell'assicuratore svoltò sulla strada principale, lasciando me e Rand di fronte ai detriti che erano stati casa mia.

«Allora, conosci un bravo costruttore?» domandai senza guardarlo.

«Come pagherai, Rossa? Io accetto solamente prestazioni sessuali come compenso.»

Mi voltai a guardarlo, dandogli un colpo nelle costole che lo fece sogghignare.

«Da tutte le tue clienti?»

Lui mi attirò tra le sue braccia, dandomi un bacio sulla bocca. «Solamente da te. Immagino che dovremo abbozzare qualche progetto. Ci vorrà del tempo per costruire la tua casa dei sogni.»

«Non intendi la *nostra* casa dei sogni?»

Erano passati cinque giorni dall'incendio—non che

li stessi contando—e avevo trascorso la maggior parte di quel tempo con Rand. Non ero sicura se fosse perché Rand non volesse perdermi di vista o perché ci fossimo appena accoppiati. In ogni caso, non mi importava. In ogni caso, ero d'accordo. Volevo che Rand si trovasse dove potevo vederlo in ogni momento, visto che mi svegliavo nel bel mezzo della notte con gli incubi.

Lui mi tranquillizzava col suo tocco, facendo l'amore con me, cosa che mi faceva sempre tornare a dormire. E quando eravamo svegli... era quasi impossibile tenerci le mani lontane di dosso.

Vedendo la casa, però, tutta la storia dello Zio Adam ridotta in cenere e macerie, la realtà si palesò dritta di fronte a noi.

«La nostra casa,» replicò lui. «Hai in mente qualcosa?»

Io strinsi le labbra. «A parte nessun seminterrato inquietante pieno di ragni...»

Lui sogghignò. «A parte quello.»

«Stavo pensando ad una casa in legno. Ad un piano solo. Grosse finestre sul retro per gustarsi il panorama.»

Lui mi passò un braccio attorno alle spalle e fissò i detriti, come se fosse stato in grado di immaginarsi ciò che avrebbe preso il loro posto.

«Un garage a tre posti,» aggiunse.

«Una terrazza sul retro.»

«Cinque camere da letto.»

Mi voltai nelle sue braccia per guardarlo, piegando indietro il mento per incrociare il suo sguardo. «Cinque? Pensavo non volessi un B&B.»

«Non lo voglio. Stavo pensando più che altro a dei bambini.»

Feci due calcoli. «Vuoi *quattro* bambini?»

«Se dovessero avere ognuno la propria camera. Ma se dovessero condividerla...»

Io gli diedi un pugno nello stomaco. «Rand Tucker, quella che vuoi è una squadra di calcio.»

Lui rise ed io adorai quel suono.

«Che ne dici di cominciare con uno?»

Si immobilizzò alle mie parole, i suoi occhi scuri che incrociavano i miei. «Sei pronta?»

Io feci spallucce e il mio cellulare squillò. Me lo tirai fuori dalla tasca dei jeans. «Pronto?»

«Ciao, Natalie, sono Kurt dei Gatti del Fienile.»

«Ciao, Kurt,» risposi io e Rand annuì, consapevole di chi fosse.

«Ho sentito di casa tua, sono felice che tu stia bene.»

«Grazie. La ricostruirò.»

«Mi fa piacere sentirlo. Stavo sperando che non avresti lasciato la città dopo quell'episodio.»

«Oh?»

«Non sono sicuro che tu lo sappia, ma ho fatto l'insegnante di musica al liceo negli ultimi ventisei anni.»

«Non lo sapevo.»

«Be', avevo in mente di andare in pensione, mi sono perfino comprato un camper per andare ad esplorare l'ovest. È solo che non è stato trovato alcun rimpiazzo, essendo che la scuola è tanto piccola e Cooper Valley non è esattamente una metropoli. Ma adesso, ne ho uno.»

«Fantastico! Congratulazioni per la tua pensione.»

«Dipende da te, però.»

Io mi accigliai. «Me?»

«Penso che dovresti essere tu il mio rimpiazzo. Sei qualificata. Conosci uno strumento e tutti i ragazzi ti adoreranno. Sai come dirigere una banda?»

Io feci un passo indietro e toccò a Rand accigliarsi. Mi

strappò il cellulare di mano. «Kurt, perché stai turbando la mia donna?»

Io mi morsi un labbro di fronte alla sua possessività.

«Uh huh, uh huh. Oh. Va bene, allora. Tieni.» Mi restituì il cellulare.

Io non potei fare a meno di ridere mentre lo riprendevo.

«Kurt?»

«Te ne sei trovato uno buono, Natalie. Un po' prepotente, però.»

Io risi ancora un po', il che fece accigliare Rand.

«Il lavoro è tuo.»

«Io non ne so nulla di bande. Non ho nemmeno l'abilitazione all'insegnamento.»

Lui emise uno sbuffo. «Il lavoro è tuo,» ripeté. «Pensaci e dammi una risposta. La scuola comincia tra qualche settimana.»

Io lo ringraziai e posi fine alla telefonata.

«Allora?» mi chiese Rand, attirandomi di nuovo tra le sue braccia.

«Be', è un lavoro. Con la musica. Qui.»

«Io penso che saresti bravissima.»

Non avevo mai preso in considerazione l'idea di insegnare al liceo prima di allora. Ma era allettante. I ragazzi erano quelli che avevano bisogno di una spinta verso la musica, di scoprire come potesse arricchire le loro vite. Dio, c'erano così tante cose che avrei potuto fare con un programma di musica, sebbene non fossi certa della parte sulla banda.

«Non dovrei aprire il B&B, dopotutto.»

Rand ridacchiò. «Posso chiamarti signorina Sheffield, ora?»

Sentii il suo cazzo duro premermi contro il ventre.

«Hai un debole per le insegnanti?» gli chiesi.

«Sono stato cattivo.»

Io saltai tra le sue braccia e lui emise un buffo verso sorpreso mentre mi prendeva con le mani sul culo. Io gli sorrisi maliziosa. «Vuoi prestazioni sessuali in cambio della costruzione di una nuova casa e ti piacciono le insegnanti. C'è qualche altra perversione di cui dovrei essere a conoscenza?»

Lui mi strinse scherzosamente le natiche e mi fece indietreggiare verso la sua auto. «Torniamo al cottage e te le mostrerò tutte.»

ISCRIVITI ALLA NEWSLETTER DI VANESSA VALE

Unisciti alla mailing list per essere informato per primo su nuove uscite, libri gratuiti, premi speciali e altri omaggi dell'autore.

http://vanessavaleauthor.com/v/db

L'AUTORE VANESSA VALE

Vanessa Vale, autrice bestseller di USA Today, è famosa per i suoi romanzi d'amore, tra cui la serie di romanzi storici di Bridgewater e altre avventure romantiche contemporanee. Con oltre un milione di libri venduti, Vanessa racconta storie di ragazzacci che quando si trovano l'amore, non si fermano davanti a niente. I suoi libri vengono tradotti in tutto il mondo e sono disponibili in versione cartacea, e-book, audio e persino come gioco online. Quando non scrive, Vanessa si gode la follia di allevare due giovani ragazzi e capire quanti pasti può preparare con una pentola a pressione. Certo, non sarà tanto brava con i social quanto i suoi bambini, ma adora interagire con le lettrici.

L'AUTORE RENEE ROSE

L'autrice oggi bestseller negli Stati Uniti Renee Rose ama gli eroi alfa dominanti dal linguaggio sboccato! Ha venduto oltre un milione di copie dei suoi romanzi bollenti, con variabili livelli di erotismo. I suoi libri sono comparsi su *USA Today's Happily Ever After* e *Popsugar*. Nominata *Migliore autrice erotica da Eroticon USA* nel 2013, ha vinto come autrice antologica e di fantascienza preferita dello *Spunky and Sassy*, come miglior romanzo storico sul *The Romance Reviews* e migliore coppia e autrice di fantascienza, paranormale, storica, erotica ed ageplay dello *Spanking Romance Reviews*. È entrata cinque volte nella lista di *USA Today* con varie antologie.

Iscrivetevi alla newsletter di Renee per ricevere scene bonus gratuite e notifiche riguardo a nuove pubblicazioni!
https://www.subscribepage.com/reneeroseit

TUTTI I LIBRI DI VANESSA VALE IN LINGUA ITALIANA

Clicca qui!

o vai a:

http://vanessavaleauthor.com/v/IIn

ALTRI LIBRI DI RENEE ROSE

Altri libri di Renee Rose in italiano

King of Diamonds

Mafia Daddy

Jack of Spades

* 9 7 8 1 6 3 7 2 0 5 6 5 5 *